주말의 캠핑 : 멋과 기분만 생각해도 괜찮은 세계

주말의 캠핑

멋과 기분만 생각해도 괜찮은 세계

김혜원

프롤로그 ✳

해야 하는 거 말고,
도움 되는 거 말고,
그냥 기분이 좋아서 하는 일

한 사람의 일상을 보여 주는 브이로그 형식의 콘텐츠를 좋아한다. 다른 이들이 '사는' 모습에서 내가 원하는 삶에 대한 힌트를 얻을 수 있기 때문이다. 잘 살고 싶지만 어떻게 해야 잘 살 수 있을지 모르겠을 때가 많아서, 카메라 앞에 자신 있게 설 만큼 단단한 일상을 가진 사람을 보고 영감을 받는 것이다. 밥 차려 먹고, 청소하고, 취미 생활하는 모양을 따라 시도하다 보면 나도 '라이프스타일'이라는 것이 생긴 기분이 든다.

근래에 가장 큰 영감을 준 건 예능 프로그램 〈나 혼자 산다〉에 나온 한 연예인의 아침 루틴이었다. 컵에 뜨거운 물을 담아 수증기로 얼굴을 마사지하는 게 자신의 아침 루틴이라고 소개하는 그에게 사람들은 의아해하며 물었다.
"그렇게 하면 어디에 좋나요?"
그러자 그 사람은 머쓱하게 웃는 동시에 단호한

태도로 답했다.

"그냥 기분이 좋아요. 제가 오늘 보여 드리는 모든 것들은 제 기분이 좋아서 하는 거예요."

좀 더 그럴듯한 이유(수증기 마사지가 피부에 좋다거나)가 있을 것 같았으나, 단순히 그냥 기분이 좋아지려고 하는 일이라 하니 뭔가 더 대단해 보였다. 매일 아침 영어 공부를 하고 규칙적으로 운동하는 것만이 '잘' 사는 방식의 전부인 줄 알았는데. 생산적인 방식으로만 삶을 가꿀 수 있는 줄 알았는데. 특별한 효능이 없더라도 내 기분을 좋게 만든다면 계속할 만한 가치가 있는 일이구나. 새삼 깨달았다. 어쩌면 자주 기분이 좋아질 수 있도록 꾸려진 일상이야말로 내가 바라던 라이프스타일일지도 모르겠다는 생각마저 들었다.

요즘 나를 가장 자주 기쁘게 하는 건 캠핑이다.

5년 전 구매한 그늘막 텐트를 시작으로 김수현(남편 이름)과 나는 조금씩 '바깥 생활'에 재미를 붙여 왔다. 그때만 해도 이렇게까지 캠핑에 푹 빠지게 될 줄은 몰랐다. 캠핑을 할 마음의 여유도 경제적 여유도 없었다. 그러던 어느 날 저녁, 우리는 긴 가족회의 끝에 '이제는 우리도 사치 좀 부릴 때가 되었다'는 결론을 내렸다. 물론 경제적으로 완전히 안정됐다고는 말할 수 없으나 성실한 노동자로 꽤 오래 살아왔으니 돈 많이 드는 취미 하나쯤은 가져도 될 것 같았다. 기념으로 번듯한 텐트와 의자도 샀다. 100만 원이 훌쩍 넘는 텐트를 결제할 때는 손이 조금 떨렸다. 연애 시절부터 수고해 준 5만 원짜리 그늘막과 다이소에서 산 낡은 돗자리를 처분할 때는 살짝 울컥했다.

"많이 컸다. 우리."

우리는 서로의 어깨를 두드리며 캠퍼로 다시 태

어났다.

그렇게 시작한 캠핑 덕분에 많은 게 변했다. 우선 한때 내 인생의 화두였던 '삶의 의미를 찾는 일(행복한 순간은 아주 잠깐 스칠 뿐 인생의 대부분은 고통에 가깝다던데. 그렇다면 왜 굳이 살아야 하는 걸까?-류의 답 없는 고민)'을 관뒀다. 대신 틈만 나면 캠핑하러 나갈 생각을 한다. 캠핑을 한다고 해서 세상에 보탬이 되는 것도 아니고, 살림살이가 나아지는 것도 아니며, 본업에 도움이 되는 것도, 좋은 사람이 되는 것도 아니지만 내 기분이 좋아지니까 자꾸 한다.

어떤 면에서는 인생이 좀 사치스러워진 것도 같다. 장비가 비싸다는 이유를 제외하더라도, 사실 캠핑은 매 순간이 사치의 연속이다. -일단 빚내서 겨우 얻은 집을 놔두고 밖에 나가서 자는 것부터가 사치다. 핫핫-!

캠핑의 세계에서는 효율이 아니라 멋과 기분이 정답이다. 대부분의 캠핑장에서 가장 인기 좋은 자리는 경치가 좋은 사이트다. 그 자리가 화장실이나 편의 시설로부터 먼 곳이어도 캠퍼들은 개의치 않는다. 장비 쪽도 마찬가지다. 사용하기엔 조금 불편하더라도, 가격이 평균보다 비싸도, 충분히 아름답기만 하다면 '추천 장비' 목록에 오른다. 많은 오토캠퍼(자동차에 장비를 싣고 캠핑하는 사람)들이 혼수를 장만하듯 무겁고 비싼 원목 캠핑 가구를 사 모은다. 캠핑 한 번 할 때마다 그 무거운 걸 나르고 설치하고 다시 철수하고. 그 엄청난 귀찮음을 예쁘다는 이유로 감수한다. 누가 그랬던가, 귀찮음을 이기는 건 사랑밖에 없다고. 캠퍼들은 멋과 기분을 사랑하는 게 틀림없다.

경제학자 오마에 겐이치는 인간을 바꾸는 방법

은 세 가지뿐이라고 말했다. 시간을 다르게 쓰거나, 사는 곳을 바꾸거나, 사귀는 사람을 바꾸는 것. 이 세 가지 방법이 아니면 인간은 바뀌지 않는다고 한다. 캠핑을 하면서 나는 정말로 변했다. 불편한 곳에서 먹고 자며 모험가들을 사귀는 동안 내 인생은 조금 사치스러워졌고, 나는 그게 참 마음에 든다.

언젠가 캠핑 준비를 하면서 '이제 나도 캠퍼 다 됐다'고 생각한 적이 있었다. "우리도 캠핑 갈 때 꽃 좀 사갈까? 선반에 얹어 놓으면 볼 때마다 기분 좋을 것 같아."라고 말하면서 그랬다. 캠핑 한 번 가려면 챙겨야 할 짐이 얼마나 많은데. 꽃다발을 사갈 생각을 하다니 나도 참 철이 없다. 고작 2박 3일 기분 내려고, 일을 사서 만드네. 반성하는 척했지만 한편으론 나 자신을 은근히 기특히 여겼다. 매 순간 손해 보지 않으려고 애쓰던 깍쟁이가 멋을 알게 됐구나. 이런 사치도 부릴 줄 아는구나.

퇴근 동선 밖에 있는 꽃집이지만 내 취향의 꽃을 자주 들여놓는 집에 일부러 들러 여름 꽃을 한 다발 샀다. 이왕 내는 기분, 확실하게 내고 싶어 평소보다 더 크고 비싼 꽃다발을 주문했다.
"이 친구들 봉평까지 데리고 가려면 물병에 꽂아 줘야겠죠?"
"되게 멀리 가시네요. 요즘 덥고 주말엔 차도 막힐 거라. 물 없으면 좀 시들긴 할 거예요."
사장님과 대화하면서 머릿속으로 꽃다발을 운반할 계획도 세웠다. 물컵에 담아서 차량용 컵홀더에 꽂아 놓으면 되겠어. 운전할 때 불편하려나 잠시 걱정했지만 원래 낭만은 불편한 거라고 금방 합리화했다. 그리고 어렵게 모셔간 꽃다발은 캠핑 내내 우리를 기분 좋게 했다.

그래, 기분이 좋았으면 된 거다. 캠핑은 누가 뭐래도 기분 좋으려고 하는 거니까.

Kalita

차 례

2인용 캠핑카, 2인용 캠핑,
2인용 인생

2인용 캠핑카

결혼 5년 차. 연애는 무려 10년 차. 같은 집에 살고 같은 회사에 다니기 때문에 대부분의 시간을 단둘이 보낸다. 나와 김수현의 생활양식은 2인용으로 완벽하게 맞춰져 있다. 숟가락도 컵도 의자도 뭐든지 2개씩.

그래서 손님 맞을 일이 생기면 언제나 당황스럽다. 2인 이상의 사람을 동시에 대접하려면 집에 있는 살림살이를 총동원해야 한다. 일단 자리에 앉는 것부터 쉽지 않다. 내 작은 집 거실에는 소파 대신 커다란 작업용 테이블이 놓여 있는데, 사람이 앉을 수 있는 의자는 단 2개뿐이다. 화장대 의자와 서재 의자, 화분 스툴 대용으로 쓰고 있는 의자까지 가져와야 다섯 사람이 겨우 앉을 모양이 된다. 밥그릇도 부족해서 찬장 깊숙이 치워둔 평소에 안 쓰는 그릇까지 꺼내 와야 한다.

그나마 집은 상황이 좀 낫다. 문제는 차다. 러닝

타임이 긴 술자리를 자주 갖는 편인데(막차가 끊길 때까지 술을 마신다는 뜻이다.) 택시 기사님들은 우리 동네를 싫어하신다. 높은 확률로 승차 거부를 당하거나 운행 내내 잔소리("이 시간에 그 동네 들어가면 빈 차로 나와야 돼!")를 듣는다. 시간과 돈을 투자해 좋게 만든 기분을 망치고 싶지 않아서 나는 승차 거부를 하지 않는 기사님에게 연락한다. 집돌이인 남편은 투덜거리면서도 매번 데리러 와 준다. 고마운 일이다. 낯익은 흰색 SUV가 술집 앞에 서면 나는 함께 술을 마시던 일행들에게 횡설수설 변명을 시작한다.

"지하철역까지라도 데려다주면 좋은데 우리 차 뒷자리에 짐이 많아서……. 사람이 탈 자리가 없어. 진짜야!"

애초에 우리 차를 탈 생각도 없던 일행들은 무심하게 "어차피 택시 타고 가는 게 편해."라고 답하지만, 어쩐지 민망하긴 마찬가지다.

겉으로 보기엔 5인승 SUV처럼 보이는 우리 차는 사실 2인용 캠핑카다. 캠핑카가 가지고 싶었지만 상황이 여의치 않았기 때문에 일상생활용 차를 캠핑카처럼 쓰고 있다. 뒷자리에서 잠을 잘 수 있도록 아예 의자를 떼버렸다. 덕분에 사람은 탈 수 없지만 짐 실을 공간은 아주 넉넉해져서 캠핑할 계획이 없을 때도 의자, 테이블, 침낭, 텐트, 버너 등등을 바리바리 싸 가지고 다닌다.

(야매) 캠핑카가 생기고 나서는 외박하는 일이 더 잦아졌다. 목적지 없이 드라이브를 나섰다가 너무 멀리까지 가버렸을 때. 우연히 차박하기 좋은 장소를 발견했을 때. 둘 중 하나가 먼저 "우리 오늘 여기서 자고 갈까?" 운을 띄우고 동시에 씨익 웃으면 합의 완료다. 적당한 공간에 의자와 테이블을 꺼내 놓고 놀다가 추워지면 차 안으로 쏙 들어간다. 차를 세운 곳이 오늘의 숙소이자 집이 되는 것. 이게 캠핑카가 아니면 뭐람?

2인용 캠핑

우리는 캠핑을 할 때도 보통 둘이다. 캠퍼의 세계에는 텐트와 장비를 멋지게 세팅해 두고 집들이하듯 친구를 초대하는 문화가 있는데('초대캠' 혹은 '접대캠'이라고 부른다), 우리는 초대캠을 해보고 싶다는 생각을 딱히 안 해봤다. 집에 손님을 초대하는 것과 텐트에 손님을 초대하는 것 사이에는 큰 차이가 있다. 캠핑이 주는 불편함을 재밌어하며 낭만으로 받아들이는 사람도 있겠지만 누군가에게는 야외에서 생활하는 일이 고문처럼 느껴질 수도 있기에 조심스럽다. 불 한 번 피우기 위해서 연기를 잔뜩 마셔야 하고 화장실 한 번 가려면 5분 이상 걸어야 하고, 온갖 벌레들과 함께 잠을 자야 하는데. 그걸 웃으며 넘겨줄 친구가 많지 않을 것 같아서 그냥 우리 둘이 한다.

오랫동안 모험의 동료로 함께 해왔기 때문에 우리는 원래부터 한 사람이었던 것처럼 호흡이 착

착 맞는다. 역할 분담을 따로 하지 않아도 각자가 뭘 해야 할지 알고 분주하게 움직인다. "잠깐 와서 여기 좀 잡아줘!"라고 말하기도 전에 필요한 장비를 가지고 근처에서 대기 중인 서로를 보며 감탄하곤 한다.

"환상의 팀워크였어!"

김수현은 팀워크를 중시하는 사람이다. 나는 사실 개인주의 성향이 강한 편이라 타인과 함께 일하는 걸 꺼려하고 팀워크의 즐거움 같은 것도 그다지 모르고 살았는데, 얘랑 살면서 손발을 맞춰가는 재미에 대해 배우고 있다. 과업이 주어지면 우리 부부는 되도록 공정하게 할 일을 나누어 가진다. 무임승차자 없이 각자 1인분씩 자기 몫을 하는 것. 그게 우리 부부의 소신이다. 누구 하나가 독박을 쓰다가 지쳐버리면 곤란하다. 궁극적인 목표는 우리가 오래오래 함께하는 것이므로. 그리고 대부분의 집안 살림은 혼자 할 땐 너무너무 하기 싫지만 같이 장난치면서 하면 그럭저럭 할만 해진다.

바깥 생활의 살림은 집 생활보다 할 일이 다섯 배는 많다. 캠핑을 하면서 우리 부부가 얼마나 좋은 팀워크를 가졌는지 확인하곤 한다. 빨래 개기에 특별한 재능이 있는 남편도 커다란 텐트를 혼자서 완벽하게 정리하진 못한다. 두 사람이 양쪽 끝을 잡고 합을 맞춰 움직여야만 구김 없이 텐트를 갈무리할 수 있다(참고로 우리 텐트는 면 소재라 잘못 접어 보관하면 꾸깃꾸깃 아주 볼품없어진다).
아무리 능력이 출중한 사람이라도 혼자서는 하기 힘든 일이라는 것. 2인용 캠핑에서 팀워크를 발휘하는 보람은 여기에 있다.

2인용 인생

어린이 시절 '소닉'이라는 콘솔 게임을 즐겨 했다. 파란색 고슴도치가 굴러다니면서 악당을 물리치는 게임인데 시작 단계에서 혼자 할 것인지 둘이 할 것인지를 선택할 수 있다. 둘이 하는 쪽을 택하면 플레이어가 둘이 된다. 선택 후에는 1p(1번 플레이어)와 2p(2번 플레이어)가 꼼짝없이 함께 다녀야 한다. 두 사람이라는 게 상황에 따라 좋을 때도 있고 싫을 때도 있다. 악당에게 얻어맞아 죽기 직전에 2p가 나타나 구해 줄 때는 너무 좋고, 2p가 내 속도를 따라오지 못하고 자꾸 뒤처질 때는 짐스럽고 싫다. 나 혼자 아무리 빨리 앞으로 달려가도 2p가 제자리걸음을 하고 있으면 다시 2p가 있는 자리로 자동 소환된다. 일단 2인용으로 게임을 하기로 했으면 죽이 되든 밥이 되든 합을 맞춰야 나아갈 수 있다는 점에서 퍽 철학적인 게임이다.

연애 기간이 길었기 때문에 결혼 전과 후가 크게 달라진 점이 없어서 "결혼하면 어때요?"라는 질문엔 좋은 답을 주지 못한다. 하지만 2인용 인생에 대해서는 제법 안다.

우리가 선택한 것은 3인용도 아니고 4인용도 아니고 5인용도 아닌 2인용. 그러므로 2인의 편의를 우선시하며 생활한다. 뒷좌석 의자를 빼서 2인용 캠핑카로 만든 대가로 약간의 민망함을 느끼고, 손님방 대신 서재를 만들어서 집에 놀러 온 부모님을 서운하게 만드는 것(우리는 어디서 자야 하냐고 귀엽게 항의하심). 모두 2인용 인생을 위한 선택이다.

매해 견고한 팀워크를 갈고닦으며 2인용 인생을 꾸려 나간다. 아직까진 우리의 선택을 후회하지 않는다. 다만 2인용 인생에는 장점과 단점이 명확하게 존재한다. 그리고 무엇보다 가장 큰

장점 중 하나는 큰 텐트를 구겨지지 않게 접어서

보관할 수 있다는 것이다.

캠핑인 것과 캠핑이 아닌 것

첫사랑 타이틀을 누구에게 주어야 하는가. 이에 대한 의견은 사람마다 다를 것이다. 처음 사귄 상대에게 의미를 두는 이도 있을 것이고, 처음 좋아한 상대가 첫사랑이라 생각하는 사람도 있을 테다. 마찬가지로 어떤 캠핑을 '첫 캠핑'으로 기록해야 하느냐에도 약간의 실랑이가 있을 수 있다. 나의 첫 캠핑은 언제였을까? 후보를 추려 보면 셋 정도 된다(아주 어렸을 때 캠핑이 뭔지도 모르고 부모님을 따라갔던 기억이나, 학교 수련회는 제외했다. 내 기준으론 타의에 의해 억지로 하는 야외 취침은 말 그대로 야외 취침일 뿐 캠핑이 아니다).

후보 1 : 어둠에 패배한 강천섬 캠핑

텐트를 처음 산 건 2016년도였다. 우리는 그것을 텐트라고 불렀지만 사실 그 친구는 햇빛 가리개가 붙은 돗자리에 가까웠다. 따지고 보면 상품명도 '그늘막 텐트'였는데 어쩐지 그늘막이라고 부르기 싫어서 꼬박꼬박 텐트라고 말하곤 했다.

아무튼(!) 텐트를 구매한 뒤 몇 가지 캠핑 용품을 추가로 들였다. 캠핑은 맨땅에서 집도 짓고 밥도 지어야 하는 활동이라 그만큼 필요한 물건도 많다. 그 모든 것을 한 번에 살 수 없기 때문에 캠핑 용품 구매엔 우선순위라는 게 있다. 나에게 맞는 장비가 뭔지 모르고 경솔하게 사들였다간 나중에 다 새로 사야 하므로, 보통은 의자와 개인용 식기구만 사서 선배 캠퍼들의 캠핑 장소로 견학부터 가라고 추천한다.

그러나 나는 오만하게도 캠핑 선배들이 하는 조언을 별로 귀담아듣지 않았다. 대신 당장 가지고 싶은 것, 예뻐 보이는 것 위주로 샀다. 커다랗고 무거운 캠핑용 런치 박스(공구 상자처럼 생겼고 실제로 공구 상자만큼이나 무겁다), 위스키를 담기 위한 힙 플라스크(영화 속 러시아 사람들이 코트 안 주머니에 넣고 다니는 휴대용 술병. 예나 지금이나 그저 술 마실 생각부터 하는 나!), 고가의 인센스 홀더와 다양한 종류의 인센스 등등. 생존을 위한 물건보다는 멋을 내기 위한 물건이 더 많았다.

그렇게 장만한 캠핑 장비를 가지고 처음 향한 곳은 여주의 강천섬이었다. 인터넷에서 다들 '초보 캠퍼의 성지'라고 하기에 찾아갔는데 알고 보니 초보 '백패커'의 성지였다. 차에 온갖 짐을 싣고 차가 닿을 수 있는 곳에서 캠핑을 하는 오토캠퍼와는 달리, 백패커는 생존을 위한 최소한의 짐만 배낭에 넣고 도보로 이동한다(일반적으로 백패커는 산 속에서 캠핑을 하는 경우가 많다). 오토캠퍼와 백패커의 차이도 명확히 설명하지 못하던 시절이라, 강천섬엔 차량 진입이 불가능하다는 것을 몰랐다. 주차장에 차를 대고 편도 30분을 걸어서 들어가야 하기 때문에 여기서 캠핑을 하려면 가능한 짐을 최소로 줄여야 했지만 그 사실 또한 전혀 고

려하지 않았다. 양 손에 잡동사니를 바리바리 들고(텐트 안에서 읽겠다고 책을 세 권이나 챙겨서 김수현의 미움을 샀다.) 걷고 있으니 지나가는 사람마다 의아한 눈으로 쳐다봤다.

고생 끝에 도착한 강천섬의 첫인상은 '상상 속 외국 공원 같다'였다. 커다란 배낭을 메고 캠핑을 온 백패커들, 강아지와 산책하는 사람들, 자전거를 타는 이들. 모두가 멀찍이 떨어져 각자의 시간을 보내고 있었다. 일행이 아닌 이와 가까이 붙어 있지 않아도 될 만큼 넓게 트여 있는 공간에 들어왔다는 것을 실감할 수 있었다.

이게 바로 캠핑의 여유구나. 캠핑의 공기는 이렇게 천천히 흐르는구나. 감탄하는 것도 잠깐, 눈 깜짝할 사이에 주변이 어두워졌다. 사방이 캄캄해지니 그렇게 여유로워 보이던 풍경이 갑자기 무섭게 느껴졌다. 아까 그 사람들은 다 어디 간 거지? 텐트 안을 밝힐 조명이라곤 휴대폰 손전

등뿐. 그 와중에 배도 고픈데 강천섬은 취사 금지라 불을 피울 수 없어서 가지고 온 라면은 무용지물이 되었다.

"우리 오늘은 이만 후퇴할까?"

졸지에 야반도주하는 신세가 되어 부랴부랴 짐을 싸고 섬에서 나왔다. 그때 머쓱한 웃음을 주고받으며 이런 이야기를 했었다.

"다음에 다시 오면 진짜 잘 할 수 있을 것 같아."

"어. 나도. 그때는 책 딱 한 권만 챙겨 올게. 얇은 놈으로! 일단 집에 가자마자 조명부터 주문하자."

*무단 쓰레기 투기와 자연훼손으로 오랜 시간 앓던 강천섬은 2021년 야영이 전면 금지되었다.

후보 2 : 바람에 떠밀려 끝난 양양 캠핑

고백하자면 야반도주의 기억이 몇 번 더 있다. SNS에 올린 나의 캠핑 사진을 보고 밖에서 자는 게 진짜 괜찮냐고, 자긴 아무래도 용기가 안 난다고 말하는 친구들이 가끔 있는데. 이 자리를 빌려 이야기한다. 나 역시도 사실 꽤 오랫동안 자고 갈 용기를 내지 못해서 야반도주 캠핑을 반복했다.

우리 소유의 그늘막 텐트를 가지고 간 두 번째 캠핑(혹은 캠핑에 가까운 나들이) 장소는 양양의 죽도 해변이었다. 첫 시도의 실패로 나는 캠핑에 다소 소극적인 태도를 가지게 됐다. 일찌감치 나를 캠핑 동료로 점찍은 김수현은 지속적으로 내 마음에 땔감을 넣었다. 바다 바로 앞에서 하는 캠핑이나 별을 보면서 마시는 위스키 같은 캠핑 로망에 혹해 재도전의 마음을 슬그머니 키우던 중에 김수현이 이런 제안을 했다.

"오랜만에 바다나 한번 갔다 올까? 캠핑 용품은 일단 가지고만 가보지 뭐. 가서 상황 보고 안 될 것 같으면 철수하자."

나는 겁쟁이라서 만약에 동행이 "이번엔 기필코 하룻밤을 자고 와야 한다!"고 부담을 줬다면 완전히 캠핑을 포기해버렸을지도 모른다. 하지만 김수현은 오래된 동료답게 나를 너무 잘 알았다. 덕분에 당근마켓에 글 올리는 신세는 면할 수 있었다. ("딱 한 번 사용한 캠핑 용품 팝니다.")

하지만 양양에서의 캠핑도 마음 같지는 않았다. 4월의 동해 바다는 생각보다 바람이 많이, 그것도 세게 분다는 사실을 우리는 (역시나) 몰랐다. 캠핑장에 도착해 텐트를 펼치는데 할아버지 사장님이 버선발로 달려와서 물었다.

"다른 텐트 없어? 팩• 안 칠 거야?"

"팩이요? 없는데. 그러면 안 되나요?"

"타프•도 없고?"

“(타프가 뭐야)……네.”

“아니 바람 불면 날아가게 생겼는데 진짜 여기서 잔다고? 강원도 봄바람 무서운 줄 몰라서들 그러지. 서울 사람들이…….”

무시 아닌 무시를 당하며 아쉬운 대로 무거운 돌을 주워다 텐트 네 귀퉁이에 얹어 두었다. 이 정도면 바람에 날아가진 않겠지. 우리 둘 몸무게만 합쳐도 100킬로그램이 넘는데. ‘괜찮겠지?’ 하는 안일한 마음으로 고기를 구워 잡지 속 힙스터들처럼 인센스도 태우고 위스키도 마셨다.

그날의 풍경과 날씨가 인디 뮤지션 다린 님의 〈가을〉이라는 앨범과 너무 잘 어울려서 감탄하던 순간, 엄청난 세기의 바람이 텐트를 덮쳤다.

- 텐트가 바람에 날아가지 않도록 땅에 고정하는 못처럼 생긴 도구. 당시 우리 텐트는 피크닉용 그늘막이었으므로 팩이랄 게 없었다.
- 햇빛과 비를 막아주는 천막.

우리의 귀여운 텐트 윗부분은 거리에 버려진 비닐봉지처럼 나부꼈다. 설거지하고 말려둔 컵과 그릇들도 바람의 방향을 따라 데굴데굴 굴러갔다.
이번에도 후퇴다.
우리는 혼비백산하여 급하게 짐을 챙겼다. 너무 급하게 챙기느라 불씨가 미처 식지 않은 인센스 꽁다리를 텐트 안에 흘리고 말았고, 불쌍한 우리의 그늘막 텐트에는 영광의 '불빵●'이 생기고 말았다.
바람에 떠밀려 끝난 캠핑을 캠핑이라고 인정해줄지 모르겠으나 확실한 건 이 날을 계기로 나는 캠퍼가 되기로 마음먹었다. 아주 잠깐이었지만 캠핑의 진짜 재미를 맛봤기 때문이다.
"아까 다린 노래 들으면서 위스키 마실 때 기분

● '불에 의해 생긴 빵구'의 줄임말. 캠퍼들 사이에서 쓰는 은어다.

진짜 좋았는데. 바람만 안 불었어도 캠핑을 사랑할 뻔했는데."

"이젠 정말 잘할 수 있을 것 같아. 그러니까 우리 텐트부터 제대로 된 걸로 사자. 바람에 안 날아가는 애로."

후보 3 : 진짜로 자고 갔어도 될 뻔했던 파주 캠핑

양양에 다녀온 후 우리는 새 텐트를 고르기 시작했다. 이제는 정말 번듯한 텐트가 필요하다고 가족 구성원(총 2명) 모두가 합의한 뒤라 예산을 제법 넉넉히 잡았다. 세상엔 다양한 종류의 텐트가 있어서 이번에야말로 우선순위를 정해야 했다. 우리가 텐트에 바라는 건 딱 두 가지였다. 첫째, 튼튼할 것(무엇보다 바람에 나부끼지 않을 것). 둘째, 아름다울 것. 견고함은 객관의 영역이라 인터넷 선생님들의 도움을 받을 수 있었지만, 아름다움이란 주관의 영역이라서 어떤 텐트가 아름다운지

는 스스로 판단해야 했다.

텐트를 고르는 과정에서 우리는 캠핑 용품이 가진 독특한 점을 발견했는데……. 세상에 완벽한 장비는 없다는 것이다. 예쁜 텐트는 설치가 어렵거나 무겁고, 가볍고 편한 텐트는 너무 못생겼다. 이렇게 큰돈을 지불해도 100퍼센트 만족스러운 물건을 가질 수 없구나. 그래, 만물엔 양면이 있다는 사실을 배워야지. 새삼 삶의 이치를 깨우쳐 가며 결국 고른 텐트는 '전국 어딜 가도 눈에 띌 만큼 크고 아름답지만 설치가 매우 어렵고 무거운' 한마디로 편의성이 0에 수렴하는 녀석이었다.

작은 오두막처럼 생긴 우리 텐트는 실물로 보면 더 아름다워서 지나가는 사람들마다 감탄한다.

"저 팀은 아예 집을 지어놨네."

오두막 텐트(우리 텐트의 애칭)를 사용한 지 4년째인데 아직 한 번도 후회한 적은 없다. 설치하려면 집을 짓는 것만큼이나 용을 써야 하고, 철수하는 데만 1시간이 넘게 걸려도 괜찮다. 캠핑이란 원래 멋을 위해 사서 고생하는 일이니까.

어쩌면 오두막 텐트 피칭●을 위해 떠난 일정을 첫 캠핑이라 부를 수 있을지도 모르겠다. 목적지는 집에서 1시간 거리에 있는 파주의 한 캠핑장이었다. 당시 우리는 강원도 캠핑 재도전을 앞두고 있었고(일종의 설욕전 혹은 금의환향 같은 의미였다), 처음인 데다 구조가 제법 복잡한 텐트라 헤맬 수도 있으므로 가까운 캠핑장에서 미리 연습해 보기로 한 것이다. 어린이 시절 종이접기로 주름 꽤나 잡았던 김수현의 동생도 지원군으로 모셔 갔다(참고로 종이접기와 텐트 피칭은 의외로 닮은 점이 많다).

● 텐트를 땅에 설치하는 과정.

그날 우리의 목적은 하나였다. 해가 지기 전에 텐트를 설치해 보고 해체까지 완료하기. 유튜브를 통해 예습을 열심히 해 간 덕분인지, 지원군 덕분인지 텐트는 무리 없이 완성되었다. 캠핑장에 우뚝 서 있는 오두막 텐트를 보니 밥을 먹지 않아도 배가 불렀다. 내 집 마련에 성공한 기분이랄까. 텐트 사진만 100장 넘게 찍고 난 뒤에 뿌듯한 마음으로 집으로 돌아왔다.

"오늘은 진짜로 자고 왔어도 될 뻔했다. 그치?"

"텐트 사니까 너무 좋더라. 바람 불어도 끄떡없던데? 진작 살걸."

"다음 주에 가는 캠핑장은 여기보다 풍경이 더 멋지니까 우리 텐트랑 더 잘 어울릴 거야."

첫 캠핑 후보를 모아놓고 보니 세 번 모두 결국 잠을 자고 오지는 못했다. 그것은 캠핑이었을까 캠핑이 아니었을까. 캠핑의 사전적 의미는 '휴양을 목적으로 야외에 천막을 쳐놓고 하는 생활'이니, 넓게 보자면 우리가 한 것이 캠핑의 일부임은 틀림없다.

분명 캠핑은 능동적이고 추진력이 좋은 사람만 즐길 수 있는 진입 장벽이 높은 취미다. 몇 페이지에 거쳐 늘어놓은 수많은 실패담을 보면 알겠지만, 꽤 길고 험난한 '초보의 시절'을 견뎌야 하는 일이다. 내가 무려 6개월 동안이나 캠핑이 시작됐음을 인정하지 못하고, '이건 첫 캠핑이 아니야', '나는 진정한 캠핑을 한 게 아니야', 헤맸던 것처럼 말이다.

하지만 캠핑인 것과 캠핑이 아닌 것을 가르는 기준을 조금 옮기면 우리 중 누군가는 이미 캠핑에 발을 담근 상태일지도 모른다. 개인적으로 캠핑 의자를 가진 사람, 캠핑 관련 콘텐츠를 챙겨 보는 사람도 반쯤은 캠퍼라고 생각한다.(물론 캠핑 에세이를 읽고 계신 여러분도요!) 제법 캠핑에 익숙해진 지금은 이런 말을 자주 한다.

"캠핑이 뭐 별건가. 경치 좋은 데 앉아서 쉬면 그게 캠핑이지 뭐."

당신이 꿈꾸는 낭만은
2박 3일 캠핑에 있다

내가 새로운 분야에 입성한 뒤 제일 먼저 하는 일은 스승님을 찾는 일이다. 이 시대의 참 스승님들은 모두 유튜브에 계시다. 사람들이 한 분야에 정착하지 못하고 여기와 저기를 철새처럼 옮겨 다니는 이유는 '초보의 시절', 매사 어리숙하고 서툰 나 자신을 견디지 못해서인데, 유튜브의 시대를 맞이해 훌륭하신 선생님들이 자신들의 노하우를 아낌없이 전수해 주시는 덕분에 우리는 능력보다 빠르게 찌질이 시절을 탈출할 수 있게 됐다. 아는 게 전혀 없어서 뭘 물어봐야 할지도 모르는 초심자에게 그들은 방향을 제시한다.

"네가 원하는 캠핑이 이런 것이냐. 그렇다면 구독과 좋아요, 알람 설정을 하거라. 내 너에게 깨달음을 줄 것이니."

나의 캠핑 스승은 유튜버 '토티 캠프' 님과 '도토리묵' 님이다. 학교에 과목별로 담당 선생님이 따로 있는 것처럼 유튜브 세계에도 담당 분야가 따로 있다. 내가 토티 캠프 님에게 의뢰한 과목은 '미술', 공간의 미를 표현하는 기술이다. 나는 그에게 사이트●를 근사하게 꾸미는 법, 유행 타는 장비가 아니라 나와 어울리는 장비를 고르는 법을 배웠다. 도토리묵 님에게 배운 것은 '예절'이다. 내가 머물던 자리를 말끔히 치우고 떠나는 게 캠퍼의 자존심이라는 것, 캠퍼라면 이웃에 방해가 되지 않는 선에서 알맞은 데시벨로 대화할 줄 알아야 한다는 것 등을 익히며 새로운 세계에 어울리는 사회화 과정을 거쳤다.

내가 누군가의 캠핑 스승이 된다면 어떤 노하우를 전수할 수 있을까. 다른 건 몰라도 '2박 3일 캠핑'의 행복에 대해서는 꼭 이야기하고 싶다. 캠핑을 시작하는 사람들은 보통 1박 2일 캠핑을

● 캠핑장에서 내 몫으로 주어진 땅.

선호한다. '잠깐의 불편함은 괜찮지만, 굳이 휴가까지 써가며 3일씩이나 캠핑에 투자해야 하나? 그럴 거면 차라리 여행을 가지.'라고 생각하는 이가 많을 텐데. 내 생각에 캠핑의 진짜 얼굴은 둘째 날 아침에야 비로소 볼 수 있다.

캠핑은 자주 만나지 못해서 만날 때마다 새롭게 어색한 친구 같다. 저번에 봤을 때 친해진 줄 알았는데 다시 보면 서먹한 관계. 주말에만 시간을 낼 수 있는 직장인 캠퍼는 아무리 부지런히 다녀 봤자 한 달에 네 번 캠핑하기도 어려우니 더 그렇다. 그래서 캠핑장에 도착한 당일엔 아이스브레이킹을 하느라 바쁘다.

"텐트 너 이렇게 치는 거였나? 이쪽이 입구 맞지?"

"음…… 아닌데. 그쪽 아니야. 설명서 다시 봐 봐."

오랜만에 보는 장비들과 멋쩍게 인사하며 사용

법을 익히고 제자리를 찾아주고 나면 어느새 밤. 바뀐 잠자리에 뒤척거리다 보면 어느새 아침. 일어나서 커피 한잔 내려 먹고 나면 체크아웃 시간이다. 이제 좀 친해져서 캠핑이란 녀석의 매력을 알아가 보려는 참에 철수해야 한다. 그렇게 캠핑의 재미를 느끼지 못한 채 제자리걸음만 하는 경우가 종종 있다.

드라마 〈슬기로운 의사 생활〉의 멤버들이 다 함께 캠핑을 떠나는 예능 프로그램을 봤다. 원래 캠핑이 취미인 유연석을 빼고 나머지 멤버들은 무경험자들이었다. 혼자서 총 6인분의 캠핑을 준비하려니 당연히 세팅 속도가 느렸다. 동생이 혼자 고생하는 데 아무런 도움이 못 되는 게 미안했던 조정석은 괜히 볼멘소리를 낸다.

"나는 캠핑이 이렇게 힘든 건 줄 몰랐어. 너무 낭만적인 것만 생각했나 봐. 불멍하고 여유로울 줄 알았는데. 벌써부터 이거 다시 정리하는 게 걱정이야."

그가 캠핑과 맞지 않는 것이 아니라 캠핑 1일 차엔 누구나 그런 생각을 한다. 진짜 즐거운 일, 우리가 꿈꾸던 캠핑의 낭만은 2일 차부터 시작이다. 이웃 캠퍼들이 철수하느라 바쁜 아침. 2박 3일 캠퍼는 느지막이 일어나 음악을 고르고 풍경이 좋은 곳에 의자를 가져다 놓는다. 커피를 마실까 낮술을 할까 고민하다 아이스박스를 열어 맥주를 한 캔 꺼낸다. 무려 모닝 맥주라니. 한량이 따로 없네. 자화자찬하며 늘어져 있다가 아침을 만들어 먹고 낮잠을 자는 것. 한낮에 머리를 감고 물기가 뚝뚝 흐르는 채로 나와 따가운 햇볕에 말리는 것. 어제보단 조금 나아진 실력으로 불을 피우는 것. 어느덧 어두워진 하늘을 올려다보고 "별이 이렇게나 많았네!"라고 말하는 것. 내가 사랑하는 캠핑의 순간은 모두 2박 3일 캠핑의 이튿날에 있다. 아마도 사람들이 캠핑을 떠올리며 품는 막연한 낭만의 조각들도 모두 거기에 있을 것이다. 적응을 해야 보이는 캠핑의 이데아랄까.

하나 덧붙이자면 음식도 제철에 먹어야 맛있듯 2박 3일 캠핑에도 제철이 있다. 늦봄과 초여름을 잇는 구간이 찬스다. 4월 중순부터 6월 중순까지. 딱 두 달. 당연한 이야기지만 캠핑은 야외 활동이므로 너무 춥거나 더우면 제약이 생긴다. 4월 초까지는 쌀쌀해서 밖에 오래 있기 힘들다.● 또 6월 중순부터는 더워서 아무것도 하지 않아도 지친다.

그런데 늦봄과 초여름은 캠퍼뿐만 아니라 전 국

● 겨울엔 등유난로와 텐트의 안락함을 즐기는 1박 2일 캠핑이 제격이다. 단, 텐트 안에서만 시간을 보내야 하기 때문에 하루 이상은 조금 지겨울 수 있다.

민에게 제철이라서 시간을 비우기가 쉽지 않다. 이번 주 주말은 친구 결혼식, 다음 주 주말은 어버이날. 이런 식으로 자리를 내어주다 보면 좋은 계절이 다 지나가버린다. 그래서 비행기 티켓을 예매해 두듯 2박 3일 늦봄 캠핑의 자리를 미리 만들어 두어야 한다. 일단 계획해 두면 어떻게든 지키게 된다.

최근의 '늦봄 2박 3일 캠핑'에서 가장 인상적이었던 순간은 원주 치악 신림 캠핑장에 있다. 대기가 불안정한지 날씨 예보가 계속 바뀌던 주간이었고, 캠핑 첫날엔 비가 왔다. 이번 캠핑엔 해를 못 볼 수도 있겠다고 생각했다. 안 그래도 강원도의 봄 날씨는 제멋대로 굴기로 유명하기 때문에(오늘은 반팔을 입어도 괜찮을 정도로 따뜻했지만 내일은 폭설이 내릴 수도 있음.) 어느 정도 각오를 하고 있었던 것이다. 기대가 크면 실망도 큰 법이니까.

아닌 게 아니라, 둘째 날 배달된 날씨는 정말 뜻밖의 모양을 하고 나타났다. 오전 내내 흐리다가 갑자기 해가 뜨더니 우박과 함께 여우비가 내렸다. 햇빛을 반사해 보석처럼 반짝거리는 우박이 토독토독 소리를 내며 떨어졌다. 우비를 쓴 아이들은 "이게 여우비래!" 소리치며 뛰어다녔다. 평범하게 맑은 날이 아니라서 더 오래 기억에 남을 것 같은 날씨였다.

오후엔 비 갠 뒤의 상쾌함을 누리며 캠핑장 주변을 산책했다. 걷다 보니 '성황림'이라고 적힌 안내판이 보였다. 아, 이 동네 이름이 신림인 이유가 神林, god forest, 신들의 숲이라는 뜻이구나(어렸을 땐 한자 반 한글 반인 재미없는 안내판을 한참이나 들여다보는 어른들을 이해할 수 없었는데 이제 내가 그러고 있다). 과연 나무 울타리 안으로 비밀스러운 기운을 뿜는 울창한 숲이 있었다. 토토로의 숲을 닮은 성황림은 출입이 통제되어 있으며 1년에 두

번만 일반인에게 개방●된다고 해서 아쉬운 대로 울타리 앞에서 사진을 찍었다. 그즈음 찍힌 사진을 보면 왠지 화난 표정을 하고 있어서 속상했는데 오랜만에 순하게 나와서 마음에 들었다. 우리는 둘째 날의 여유를 누리며 해가 질 때까지 오래오래 걸었다.

“진짜 아름답네. 인생 뭐 있냐. 예쁜 거 보면서 이러고 있으니까 세상을 다 가진 것 같다.”

“그러고 보면 사는 데 많은 게 필요 없을지도 몰라. 해만 떠도 이렇게 좋잖아.”

“그래. 돈, 명예 이런 게 다 무슨 소용이야.”

“아냐, 돈은 중요하지.”

“그런가. 그렇게 치면 건강도 중요하지.”

“사랑이랑 시간도 꼭 있어야지.”

● 숲으로 가는 비밀 문의 열쇠는 국립공원 관리 소장님과 이장님 두 분만 가지고 계신다고.

“살려면 참 많은 게 필요하네.”

“그러네.”

텐트로 돌아오니 어제만 해도 봉오리만 겨우 맺혀 있던 우리 사이트의 느림보 벚꽃나무가 어느새 풍성해져 있었다.

생일엔 동해 바다로 캠핑을 가기로 했다

내게 세상의 장소는 크게 두 가지로 나뉜다. 바다인 곳과 바다가 아닌 곳. 바다를 메워 만든 동네에서 자라서 그런가. 바다에 집착하고 바다를 그리워하며 바다 곁의 삶을 동경한다. 그래서 늘 남의 동네 바다를 기웃거린다.

지난 생일엔 동해 바다에 다녀왔다. 가벼운 마음으로 출발한 나들이였다. 가서 발이나 한번 담그고, 해변에서 볕이나 좀 쬐다가 해 지면 돌아와야지 싶었는데. 막상 바다를 보니 생각이 달라졌다.

"아, 너무 좋다. 이렇게 돌아가긴 좀 아쉽네."

"우리 차에 침낭이랑 텐트 다 있긴 한데. 심지어 간이 변기도 있어."

"그럼 됐네! 그것만 있으면 일단 어떻게든 잘 수는 있잖아."

"왠지 이렇게 될 것 같았어. 짐 좀 제대로 챙겨 올걸."

"왜 무계획 캠핑도 좋잖아. 모험하는 것 같고."

우린 항상 이런 식이다.

당일치기 나들이가 즉흥 캠핑으로 바뀌는 사이 메신저에는 생일 축하 메시지가 쌓이고 있었다. 하나하나 확인하며 일일이 감동하는 나를 보고 김수현은 웃었다.

"생일이 그렇게 좋아?"

"응. 1년에 생일이 두 번이었으면 좋겠어. 솔직히 한 번은 너무하잖아."

이제는 아이가 아니기 때문에 애정 결핍 문제를 수면 위로 건져 올리지 않지만, 마음속 깊은 곳엔 좀처럼 채워지지 않는 외로움이 남아 있다. 언제나 더 많은 애정을 바란다. 그런 나에게 생일이란 온 우주가 힘을 모아 애정을 충전해 주는 아주 고마운 날이다. 하다못해 광고 문자마저도 나의 행복을 응원해 주니까.

기념일마다 싸우게 된다고 말하는 연인들이 종종 있다. 사실 우리는 기념일에 그다지 의미를 두지 않아서 특별한 이벤트나 선물을 준비하지 않고, 그렇기 때문에 서로에게 실망할 일도 없다. 그러나 생일은 다르다. 자라면서 경험했던 생일은 언제나 델리만쥬 같았다. 냄새가 너무 달콤하고 향긋해서 한껏 기대를 해버렸는데, 막상 입에 넣으니 상상했던 만큼의 만족감을 주지 못했다. 친구들을 잔뜩 모아 거나한 생일 파티를 했을 때도, 고급 레스토랑에서 애인과 맛있는 밥을 먹었을 때도 어쩐지 마음이 아쉬웠다.

어느 해 우연한 계기로 캠핑장에서 생일을 맞은 적이 있었다. 주변에 가게랄 것도 없고 편의시설도 전무했다. 케이크는커녕 휴대폰 배터리를 충전하기도 어려운 곳이었다. 조금 불편한 대신 인기가 없어서 캠핑장 전체를 전세 낸 것처럼 쓸 수 있었다. 바로 그 점에 반해 체크아웃 일정을 늦춰 하루 더 머물기로 했던 것이다. 연장 캠핑

날이 마침 내 생일었다. 꼬질꼬질한 채로 아이스박스에 남은 재료를 꺼내 먹으며(캠핑장에서는 '냉장고 파먹기' 대신 '아이스박스 파먹기'를 한다.) 느슨하게 보냈던 생일이 좋은 기억으로 남았다. 아무것도 기대할 수 없어서 오히려 기뻤다. 그 뒤로는 생일엔 가능하면 아무것도 기대할 수 없는 상황에 나를 놓아둔다. 편의점 하나 없는 시골, 있는 거라곤 자연뿐인 장소에서 기대하지 않은 풍경을 만나며 기뻐한다.

이번 생일 우리가 찾아간 해변은 부지런한 서퍼들로 가득 차 있었다. 우리나라에 서핑하는 사람이 이렇게 많았나. 모래사장에도 바닷속에도 기다란 서핑보드가 촘촘히 떠 있었다. 서퍼들을 구경하는 일도 나쁘지 않지만 그 해변엔 내가 누울 자리가 없었다.
바다라고 다 같은 바다가 아니다. 전망 좋은 카

페와 맛집이 줄줄이 늘어선 화려한 바다. 고운 모래가 깔린 잘 관리된 바다. 항구가 있는 바다. 모래 대신 바위로 둘러싸인 바다. 다양한 '바다 경험'을 통해 어떤 바다에서 어떤 방식으로 시간을 보내는 게 나의 취향에 맞는지 알게 됐다. 나는 붐비지 않는 한적한 모래사장에 누워 술 마시는 것을 좋아한다. 맛집이나 카페가 없어도, 관리가 되지 않아 조금 어수선해도, 크기가 작아도 괜찮다. 보통, 사람들이 모여 있는 해변을 지나쳐 5분 정도만 더 달리면 인기 없는 해변이 나타난다. 그날 우리 앞에도 어김없이 인기 없는 해변이 나타났다. 낚시꾼 두세 팀뿐인 조용한 바다. 모래를 뚫고 살아남은 잡초가 듬성듬성 자라 있는, 물 한 병 살 곳 없는 야생의 바다.

같은 장소라도 찾아간 장소와 나타난 장소는 느낌 면에서 완전히 다르다. 후자가 훨씬 감동적이다. 어떻게 우리 취향에 맞는 바다가 우연히 딱 나타나지? 기대하지 않았다는 점에서 플러스 30점. 성수기 주말, 동해에 마지막 남은 한적한 해변이라는 점에서 추가 점수 70점. 100점짜리 바다를 만났으니 별 수 있나. 자고 가는 수밖에.

캠핑을 하며 아쉬움을 견디는 연습을 한다. 평소의 나는 만족을 맛보기 직전, 딱 한 스푼이 모자란 상황을 못 견뎌한다. 새벽에 떡볶이를 먹는데 계란이 없다? 없으면 없는 대로 대충 지나치지 못하고 어떻게든 계란 파는 곳을 찾아내야 직성이 풀리는 타입이다. 9를 가지고도 부족한 1을 곱씹으며 아쉬워하는, 감사할 줄 모르는 인간이랄까.
그런데 캠핑은 아쉬움이 디폴트인 세계다. 아무리 철저하게 준비를 해가도 빠뜨리고 온 물건이 한두 개쯤 생기고, 호텔급이라 칭찬받는 캠핑장이 별점 한 개 반의 펜션보다 불편하다. 맥주가 시원하면 좋겠지. 하지만 어쩌겠어. 여긴 냉장고가 없는데. 미지근한 맥주로 만족하는 수밖에. 휴대폰 배터리가 없어서 평생에 한 번 있을까 말까 한 공감각적인 순간을 음악 없이 지나쳤을 때. 그날의 아쉬움은 몇 년이 지난 지금까지 강렬하게 남아 있다. (노을, 바다, 맥주가 있는데, 음악이 없다니!)

오늘 여기서 자고 가기로 결정한 우리는 생존을 위해 필요한 최소한의 것들을 구해 보기로 한다. 당연한 이야기지만, 없어도 그럭저럭 버틸 수 있는 것과 없으면 절대 안 되는 것을 가르는 기준이 사람마다 다 다르다. 나는 해변에 남아 짐을 지키고 김수현이 차를 몰아 필요한 물건을 구해 오기로 했는데, 내가 예상한 것과 전혀 다른 물품들이 배달됐다.

"칫솔이랑 치약 없었어? 썬크림은?"

"아! 있었을걸? 근데 그게 꼭 필요한 거였어?"

걔가 쥐고 있는 비닐봉투 안에는 소떡소떡과 옥수수 술빵 그리고 떡볶이가 들어 있었다. 어쨌거나 다 내가 좋아하는 것들이긴 해서 웃음이 났다.

6월의 햇살을 썬크림도 없이 온몸으로 받아낸 탓에 예민한 내 피부는 검붉게 익어버렸다. 덕분에 한동안은 옷깃만 스쳐도 쓰라릴 만큼 아팠는데, 차가운 알로에 젤을 치덕치덕 바르면서 나는 바보처럼 또 웃었다. 그날 참 좋았지.

이름도 낭만적인 '햇빛 화상'을 입은 내 피부는 아직도 회복 중이라 피부만 보면 매일 파도 타는 서퍼 같다. 기껏해야 이틀이었는데 이렇게 타버릴 게 뭐람. 그러나 곧 계절이 바뀔 테고 피부는 서서히 제 색을 찾을 것이다. 그러는 동안 나는 바다에서 보낸 생일을 내내 그리워하겠지. 어쩌

면 그새를 참지 못하고 또 대책 없는 캠핑을 감행할지도 모른다. 칫솔도 치약도 썬크림도 없는. 아……. 아무래도 썬크림은 있어야겠다. 생존에 꼭 필요한 물건만 넣은 모험 키트를 만들어 언제든 외박할 수 있도록 차에 넣어놔야지. 다른 건 몰라도 썬크림은 꼭 챙겨야 한다.

가족 캠핑의 기쁨

"명절마다 캠핑 다니니까 친구들이 그래요. 너희 가족은 미국 사람들 같다고."

"어마야, 그래 말하드나. 미국 가서 살 능력이 안 돼서 마인드라도 미국 사람처럼 가지고 산다고 전해도."

모닥불에 쫀디기를 구워 먹으며 어머니와 나는 키득거렸다. 앞서 말했듯 대부분의 캠핑은 김수현과 단둘이 한다. 둘이 노는 게 세상에서 제일 편하고 재밌다. 그다음으로 함께 놀기 좋은 팀(?!)이 대구 가족들이다. 객관적인 호칭으로 소개하자면 시댁 식구들. 1년에 서너 번, 온 가족이 모이기 쉬운 날(어버이날이나 부모님 생신, 추석)을 골라 연합 캠핑을 떠난다. 연합 캠핑에 참여하는 팀은 총 세 팀이다.

팀 1: 어머니&아버지(대구 거주)

팀 2: 나&김수현(서울, 강의 북쪽 거주)

팀 3: 김수환&정정(김수현의 동생과 그의 여자친구/서

울, 강의 남쪽 거주)

사는 곳, 하는 일 모두 제각각이기 때문에 주로 중간(대략 충주나 원주쯤)에서 만난다. 가끔 꼭 가보고 싶은 캠핑장이 있으면 이동 시간이 더 긴 쪽에 양해를 구하고 강행하기도 한다. 캠핑 장소가 정해지면 끼니별로 식사 당번을 정할 차례다. 1박 2일 캠핑이니 해결해야 하는 끼니는 총 4회. 첫날 점심, 첫날 저녁, 야식(캠핑의 세계에선 야식도 어엿한 끼니다), 둘째 날 아침.

"저희가 첫날 저녁을 준비할게요. 메뉴는 미나리 목살구이예요."

"알았다. 그럼 우리가 아침을 할게. 떡국 괜찮나? 정이가 닭봉구이 만들어 온다 하대. 야식은 그걸로 먹자. 도착해서 점심은?"

"도착한 직후에는 텐트 치느라 정신없을 테니 각자 알아서 해결하고 오기로 해요."

시부모님이랑 캠핑을? 의아해할 수도 있겠으나,

대구 부모님은 시부모님이라기보단 나이 차이 많이 나는 친구에 더 가깝다. 미국 가족 영화나 시트콤에 자주 나오는 딱 그런 느낌이다. 매사에 농담과 유머를 잃지 않고, 형식에 얽매이지 않으며, 무엇보다 잘 노신다. 내가 두 분을 처음 본 것이 9년 전인데, 매해 무언가를 새로 배우거나 시작하셨다. 어느 해에는 난타를, 어느 해에는 성악을, 재작년엔 텃밭을 가꾸기 시작하셨고, 올해 아버지는 나무 공부를 시작하셨다. 삶에 능숙한 사람 특유의 여유를 두 분에게서 많이 배운다.

우리가 캠핑을 시작했다고 말하니 두 분은 "둘이 같이하는 취미가 있으면 참 좋다."고 반기시며 고가의 캠핑 장비인 침낭을 빌려주셨다. 마침 우리가 종류별로 가지고 있으니 한 번 써 보고 취향에 맞는 걸로 사라고. (그 침낭을 아직도 못 돌려드렸다는 걸 이 글을 쓰면서 깨달았다.)

"아버지, 저희 늦잠 자서 이제야 출발해요. 어쩌죠?"

"괜않타. 푹 자두면 좋지. 천천히 오거래이."

"어머니, 깜빡하고 숟가락 여분을 안 가져왔어요. 어쩌죠?"

"괜않타. 요 앞 슈퍼에서 하나 사 갈게."

대구 가족과 함께하는 캠핑의 최대 장점은 평소 하던 대로 하면 된다는 점이다. 손님 대접을 해야 한다는 부담감 없이 하던 대로. 맥주를 양껏 먹고 늦잠과 낮잠도 실컷 잔다. 그러는 동안 부모님 두 분은 산책을 하시고 동생 팀은 해먹에 누워 오붓한 시간을 보낸다.

조금 다른 점이 있다면 아침에 고소한 밥 냄새를 맡으면서 깬다는 것 정도. 부지런한 아버지는 새벽 5시쯤 일어나 운동 겸 산책을 다녀오신 뒤, 가족들을 위한 냄비 밥을 준비하신다. 열악한 캠핑 주방에서도 맛있는 냄비 밥을 지을 수 있다는 게 아버지의 자부심이다. 뜸까지 다 들이고 슬슬 심심해질 때쯤 가족들이 하나둘 일어난다.

“아버지 냄비 밥이 최고예요. 전 이거 먹고 싶어서 캠핑 오잖아요.”

“한 그릇 더 주세요.”

“누룽지도 끓여 먹어요. 우리.”

모두의 찬사를 받으며 식사를 마치면 가위바위보를 통해 설거지 당번을 정한다. 팀 대표로 한 명씩 나와 승패를 가른 뒤(양심상 고생한 아버지는 열외다), 진 팀은 설거지를 하고, 이긴 팀은 커피를 내린다. 그러다 보면 집에 갈 시간이 된다. 일꾼이 여섯이나 되니 세팅도 철수도 금방이다. 노는 인력 없이 일사불란하게 흩어져 각자 맡은 일을 한다. 세 팀의 장비가 섞여 있으므로 소중한 물건이 다른 팀의 짐 속으로 딸려 들어가지 않게 조심하기만 하면 된다.

체크아웃 시간이 임박하면 전국의 모든 캠핑장에선 비슷한 풍경이 펼쳐진다. 헤어지기 아쉬운 어린이들과 그들을 핑계 삼아 은근슬쩍 출발을 미루는 어른들.

"형한테 인사해야지. 다음에 또 만나자 해!"

"으아아아아. 안 가면 안 돼요?"

"안 갈래~에. 더 놀다 갈래."

우리 팀에 어린이는 없지만 헤어지는 게 아쉬운 어른은 여섯이나 있어서 매번 뒤풀이 아닌 뒤풀이를 하고서야 겨우 헤어진다. 커피를 마시고 헤어질 때도 있고, 캠핑장 근처에 있는 문학관이나 기념관에 들러 시간을 보내기도 한다.

언젠가 봉평으로 캠핑을 갔을 때는 흩어져서 집으로 돌아가려다 우연히 근사한 계곡을 발견해서 차를 돌린 적도 있다.

"어머니 어디쯤 가셨어요? 아직 고속도로 안 타셨죠? 여기 경치 좋은 계곡 있는데 잠깐 놀다 가

실래요?"

계곡 건너편에 돗자리를 펴고 앉을 만한 곳이 있어서 우리는 다 같이 신발을 벗고 계곡으로 들어갔다. 어제 먹다 남은 수박 반 통과 돗자리, 수건, 가방 등등. 잠깐 놀 건데도 짐이 꽤 많아서 조금씩 나누어서 들었다. 물놀이라면 자다가도 벌떡 일어나는 김수현은 자리에 앉기도 전에 "이왕 발 적신 거 물에 들어가서 놀자."고 졸랐다. 그에 설득된 동생들(나 포함)이 못 이기는 척 하나둘 물놀이에 동참하는 동안 부모님은 나무 그늘에서 수박을 드셨다.

종종 그날의 가족 캠핑을 추억한다. 거나한 뒤풀이를 마치고 다음 날 출근을 위해 부랴부랴 헤어졌는데 거짓말처럼 장대비가 쏟아졌었지. 집으로 돌아가는 길엔 이런 대화를 나눴다.

"아까 물놀이하고 나와서 쉬는데 어머니가 그러

시더라? 오늘처럼 갑자기 물놀이할 일이 생기면 원래는 제일 먼저 들어가서 노셨대. 근데 언제부턴가 다 놀고 나서 뒤처리할 게 걱정돼서 선뜻 나서질 못하게 되셨다는 거야. 우리 넷이 물에 들어가서 물장구치고 노는 걸 보니까 '나도 이제 진짜 늙었나 보다' 싶어서 쓸쓸하셨대."

"다음엔 어머니도 꼭 데리고 들어가야겠네."

"그래야겠어. 은근히 좋아하실 듯."

그게 벌써 1년 전의 일. 곧 6월 5일 대구 어머니 생신이 돌아온다. 올해도 캠핑이 예정되어 있다. 물(놀이)귀신 김수현 왈, 이번엔 여섯 모두 데리고 들어갈 계획이라고 한다.

나무를 빌려 드립니다

나와 비슷한 결을 가진 사람은 어떻게 알아볼 수 있을까? 저마다의 방법이 있겠지만 나의 경우 무엇을 애틋하게 여기는지 유심히 본다. 어떤 것과 가까이 있고 싶어 하는지, 아무것도 하지 않은 채 그저 바라만 볼 수 있는 대상이 무엇인지. 그것이 같으면 성별이나 나이는 중요하지 않다. 결이 같은 사람과 보내는 시간은 대체로 유쾌하다.

내가 나무를 애틋하게 여기는 사람이 될 줄은 몰랐다. 나이가 들면 꽃과 나무를 좋아하게 된다는 진부한 이야긴 하고 싶지 않지만, 어쨌거나 나는 커다랗게 잘 자란 나무를 보면 멈춰 서서 사진을 찍는 어른이 됐다.

원남동 사무실을 쓰던 시절엔 이런 일이 있었다. 대학로에서 점심을 먹고 산책 겸 슬슬 걸어 돌아오던 중이었다.

"어머! 은행잎이 언제 저렇게 자랐대?"

함께 걷던 팀장님의 말에 다들 머리 위를 올려다

봤다. 겨우내 앙상했던 은행나무에 새끼손가락 한 마디보다 작은 아기 은행잎이 오종종 돋아 있었다. 그게 모두의 마음에 귀엽고 기특하게 와닿았는지 약속한 것처럼 쪼르르 서서 사진을 찍었다. 단 한 사람, 우리 중 유일한 20대였던 친구만 멀뚱멀뚱 서 있기에 "저 언니들은 왜 나무를 저렇게 찍나 싶죠?"라고 농담을 했는데 사뭇 진지한 대답이 돌아왔다.

"꽃이 예쁜 건 알겠는데 나무가 예쁜지는 아직 잘 모르겠어요. 언젠가 이런 게 예뻐 보이는 날이 오겠죠?"

아마 그에게도 틀림없이 그런 날이 왔을 것이다. 나의 경우 나무에 대한 마음이 천천히 커진 케이스다. 해마다 조금씩 두꺼워지는 가로수의 몸통처럼.

비가 많이 내린 탓에 벚꽃이 일찍 져버린 어느 해 봄, 하루가 다르게 짙어지는 완두콩 빛깔의

벚나무 잎이 아름답다고 처음 느꼈다. 그다음 해 봄에는 목련 꽃이 있던 자리에서 자란 넓적한 목련 잎을 보고 문득 멋지다고 생각했다. 나는 이제 파도를 구경하는 일 만큼이나 나무 아래 누워 바람에 흔들리는 나뭇잎을 바라보는 일을 좋아한다.

나무를 유심히 보는 사람이 되어서 좋은 점은 아는 나무가 많아진다는 것이고, 슬픈 점은 내가 아는 나무가 자꾸 사라진다는 것이다. 학교 후문 떡볶이집 앞에 있던 커다란 벚나무는 어느 날 갑자기 밑동만 남긴 채 사라졌다. 제주도에서 내가 가장 좋아하는 삼나무 길의 나무들이 하루아침에 베어져 길에 누워 있는 모습을 뉴스로 보기도 했다. 나무를 베는 일에는 복잡한 이해관계가 얽혀 있고, 땅 주인이나 나무 주인이 아닌 이상 나무가 사라지는 일을 막을 권리가 없으므로 '애틋한 대상이 생긴다는 건 날 기쁘게 하기도, 동시에 슬프게 하기도 하는구나' 체념하는 수밖에 없다.

그래서 얼마 전까진 나무를 가지고 싶다는 생각을 자주 했다. 정확히는 나무 아래 내 자리가 있었으면 했다. 너무 오래 앉아 있는 건 아닐까 눈치 보지 않고, 내가 쉬고 있는 그늘 아래로 불청객이 불쑥 들어오면 어쩌나 불안해하지 않고, 배부른 고양이처럼 늘어져 있고 싶었다. 하지만 꽃다발도 아니고 화분도 아니고 나무를 갖는 일은 현실적으로 불가능해 보였다. 더군다나 내가 원하는 건 최소 50년 이상 자란 아름드리나무니까. 나중에 돈 많이 벌면 꼭 마당 있는 집에서 살아야지. 카메라 한 앵글에 안 잡힐 만큼 커다란 나무를 심어야지. 이루지 못할 로망을 키우며 아쉬운 마음을 달래곤 했다.

나무를 가지고 싶다는 나의 로망은 의외의 방식으로 현실이 되었다. 어떤 캠핑장엔 나무가 있다. 이용료를 내면 (시한부지만) 내 몫으로 주어진 땅 주인이 될 수 있고, 운이 조금 더 좋다면 그 땅 안에 나무가 포함되어 있을 수도 있다. 텐트를 칠 자리와 함께 덤으로 나무를 빌리는 셈이 되는 것이다.

충청북도 괴산에 있는 한 캠핑장에 갈 때마다 이런 생각을 한다. '고작 5만 원으로 이런 호사를 누려도 되나?' 무려 '나무야나무야'라는 이름을 가진 그곳에는 이름값 제대로 하는 커다란 느티나무가 줄지어 서 있다. 예전에 학교였던 곳을 캠핑장으로 만든 듯했다. 전국에 폐교를 활용해 지은 캠핑장이 몇 곳 있는데, 경험상 폐교 캠핑장은 내 취향에 부합할 가능성이 아주 높다. 오래된 건물 주변에는 항상 크고 근사한 나무가 있다. 그리고 그런 곳은 보통 운동장을 빙 둘러서 텐트를 치게 되어 있기 때문에 캠핑장 수용 인원을 다 받아서 채우더라도 운동장만큼은 비어 있다. 운동장의 빈 자리는 어린이 캠퍼들이 채운다. 나무 그늘에 앉아 아이들이 뛰어노는 풍경을 보는 일이 마음에 어떤 평화를 가져다주는지 경험해 본 이들은 알 것이다.
사실 이전까지 괴산이라는 도시에 대해서 전혀 아는 바가 없었다. 캠핑 인구가 많아지면서 캠핑장 예약 경쟁이 명절 KTX 티켓 구하는 것만큼이나 치열해졌고, 자리가 남은 캠핑장을 찾다가 충청북도까지 내려가게 된 것이다. 1박 2일 일정으로 가기엔 다소 먼 거리이긴 했다. 캠핑이 예정된 이틀 내내 비 소식까지 있었으므로 '이번 캠핑은 그냥 포기할까' 싶었지만 사진으로 미리 본 왕 멋진 풍경이 어른거려 그럴 수 없었다.

처음 괴산에 갔을 때는 앞서 말한 것처럼 이틀

내내 비가 왔다. 이틀째 날 아침 아주 잠깐 해가 떴는데, 나뭇잎 사이로 보석 같은 햇빛이 쏟아지는 걸 보고 다음 캠핑도 여기로, 바로 이 자리로 오기로 결심했다. 여긴 맑은 날 꼭 다시 와야 한다.

나무 아래 있으면 자연스럽게 나무 이야기를 하게 된다. 마침 은퇴한 시아버지가 나무의 건강을 돌보는 '나무 의사' 자격증 시험을 준비하고 계셔서 자연스럽게 나무에 대한 지식이 약간 깊어졌다.

"나무처럼 평화롭게 살고 싶다고 생각했는데. 지난번에 아버지한테 들어보니까 나무의 세계도 꽤 치열하더라? 한 공간에 나무가 여러 그루 있으면 그 공간을 차지하기 위해 경쟁한대. 다른 나무보다 빨리 키가 커야 햇빛을 충분히 받을 수 있으니까. 경쟁에서 진 나무는 크게 못 자라는 거고."

"여기 있는 나무들은 서로 멀찍이 떨어져 있어서 다들 경쟁 없이 무럭무럭 자랐나 보네."

"역시 삶의 질은 인구 밀도가 결정하는 것인가. 아무리 좋은데 있어도 너무 복작거리면 안 행복하잖아. 아, 얘네는 사람이 아니니까 인구 밀도는 아니네. 아무튼 밀도!"

젊은이 둘이 나무를 올려다보며 온종일 종알거리는 모습이 보기 좋았는지 캠핑장 사장님이 가까이 다가와 말을 거신다.

"나무가 참 좋죠? 그냥 보고만 있어도 참 좋아요. 나무 아래서 이렇게 올려다봐도 예쁘지만 멀리서 나무랑 손님들이 한 풍경이 되어 있는 걸 보면 그것도 얼마나 예쁜지 몰라요."

나는 답한다.

"5만 원으로 이런 호사를 누려도 되는지 모르겠어요. 캠핑장 사이트를 빌린 게 아니라 나무를 빌린 것 같아요. 이렇게 멋진 나무 아래에 내 자리가 있는 경험이 너무 귀하잖아요."

띄엄띄엄 오가는 몇 마디 대화를 통해 우리는 서로가 같은 결을 가졌다는 것을 확인한다.

"다음 달이 캠핑장을 연 지 딱 1년째예요. 그동안 한 번도 제대로 쉬질 못해서 캠핑장 문 닫고 일주일 정도 휴가 다녀오려고 하거든요. 괜찮으시면 그때 오셔서 쉬다 가세요. 나무도 실컷 보시고."

맙소사. 나무 아래에 내 자리가 생기려고 한다.

캠핑의 사계

타령. 어떤 사물에 대한 생각을 말이나 소리로 자꾸 나타내 되풀이하는 일. 계절 타령, 날씨 타령하는 재미로 인생을 산다. 계절을 탄다고 하나? 나는 봄도 타고 여름도 타고 가을도 타고 겨울도 탄다. 만약 사계절이 뚜렷하지 않은 나라에서 태어났다면 권태로움에서 헤어 나오지 못했을 것이다. 매 계절마다 태어나서 처음 연애해 보는 애처럼 유난을 떠느라 심심할 틈이 없다.

원래 봄이 이렇게 예뻤나.

여름은 해가 참 기네.

가을바람은 사람을 순식간에 쓸쓸하게 만드는구나.

겨울엔 산타 할아버지를 기다리는 아이처럼 매일 눈을 기다린다. 세상에서 제일 맛있는 핫초코를 먹기 위해서.

그러나 슬프게도 실내 생활을 하다 보면 계절 감

각이 무뎌져버린다. 건물 안에선 계절의 아름다움이 보이지도 느껴지지도 않으니까. 게다가 우린 항상 바쁘니까.

봄 잘 챙겨.

언젠가 친구가 인스타그램에 남긴 댓글이 좋아서 자주 소리 내어 읽는다. 나 들으라고 하는 소리다. 계절의 한가운데서 나는 늘 초조해하며 스스로를 향해 잔소리를 한다. '이러다 벚꽃 다 지겠어! 부지런히 챙기지 않으면 놓쳐버린다고.' 때가 되면 다시 돌아올 걸 알면서도 계절이 지나가는 게 왜 이렇게 애틋한지 모르겠다.
당연한 이야기지만 계절을 최대한으로 누리려면 밖으로 나가야 한다. 그런 의미에서 캠핑은 계절 안으로 풍덩 뛰어드는 행위와 비슷하다. 바닷물에 몸을 던지듯 풍덩. 계절이 바뀔 때마다 풍덩풍덩 그 안으로 뛰어든다. 같은 장소에서 같은 장비를 가지고 같은 사람과 캠핑을 해도 계절이 달라지면 완전히 다른 세상처럼 느껴진다. '사계절은 만나 봐야 사람을 알 수 있다.'는 말을 나는 이렇게 바꾸고 싶다. '사계절을 겪어 봐야 캠핑의 재미를 알 수 있다.'
지금부터 본격적으로 계절 타령 혹은 캠핑 타령을 해볼 텐데, 이 글을 읽고 있는 누군가의 계절과 조금 닮아 있기를 바라본다. 당신의 사진첩 안에 내가 찍은 계절의 한 조각과 비슷한 사진이 있다면 기쁠 것 같다.

겨울 캠핑

겨울 캠핑에 초대하고 싶은 친구들은 다음과 같다.
술꾼, 미식가, 사 놓고 안 읽은 책이 많은 사람. 그 외 낭만파 인사들 전부.

사실 겨울은 캠핑하기 편한 계절이 아니다. 가장 잘 어울리는 키워드를 꼽자면 '사서 고생'이란 말이 딱일지도 모르겠다. 준비해야 할 것도 많고, 조심해야 할 것도 많은 계절. 하지만 겨울 캠핑엔 그 모든 까다로운 조건들을 뛰어넘을 낭만이 있다.

볼거리 하나 없는 황량한 벌판(혹은 캠핑장) 한가운데 덩그러니 놓인 텐트 한 채. 입김이 고드름으로 변할 만큼 추운 날씨지만 노란 조명을 밝힌 텐트 안은 등유 난로 열기로 훈훈하다. 난로 위에선 따뜻한 무언가가 끓고 있다. 사케인지 보리차인지. 아님 전날 먹고 남은 스튜인지. 그것이 무엇인지 정확히 알 수는 없지만 확실한 건 딱딱한 마음을 녹이기에 충분한 온기라는 것이다. 한겨울 밀폐된 공간은 우정이 발생하기에 더없이 적합한 장소가 된다.

술꾼들은 여기서 길거리 포장마차와 같은 익숙

함을 느낀다. 거참 술맛 나는 장소로구나. 여기선 낮부터 밤까지 시간 감각 없이 마셔도 취하지 않을 수 있다. 화장실에 가려면 텐트 밖으로 나가야 하고 추위를 뚫고 걷는 동안 술이 다 깨버리기 때문이다. 신이 난 술꾼들은 맥주를 마시다가 와인도 한 병 땄다가 아껴 두었던 위스키까지 엉망진창으로 마셔버릴 것이다.

미식가들이 겨울날의 텐트에 모이면 그곳은 세상에 없는 식당, 바그다드 카페가 된다. 그들은 제대로 된 조리대 하나 없는 간이 주방에서 손이 많이 가는 요리를 만들겠다고 고집을 부릴 것이다. 누군가는 1시간째 양파 수프를 젓고 있고, 다른 이는 반나절 넘게 통바비큐를 굽고 있겠지. 그래도 누구 하나 말리는 이는 없을 테다. 한겨울 텐트 안에선 시간이 느리게 흐르니 가성비 떨어지는 요리를 해볼 절호의 기회가 아니겠는가. 한 친구가 무리에서 조용히 이탈해 텐트 구석에

자리를 잡고 가져온 책을 펼친다면 혼자만의 시간이 필요하다는 뜻으로 이해하면 될 것이다. 텐트 안에서 책을 읽어 본 사람은 알고 있을 테지만 여기만큼 책이 잘 읽히는 곳이 또 없다. 나는 겨울 캠핑을 갈 때면 두꺼운 장편 소설을 챙겨간다. 읽으려고 벼르고 있었던 책을 완독하는 것만으로도, 한겨울 캠핑은 충분히 보람 있는 일이다. 장편 소설을 읽어 낼 정도의 여유란 너무도 귀한 것이니까.

술꾼도 아니고 다독가도 아닌 나의 캠핑 동료 김수현이 꼽는 겨울 캠핑의 낭만은 폭설이다. 눈 속에 파묻히는 설중 캠핑을 꼭 한 번 해보고 싶단다. 하지만 캠핑 중에 눈을 만나는 일이 말처럼 쉽지는 않아서 그 낭만은 아직 실현되지 못한 채로 남아 있다.

봄 캠핑

"봄이 왔구나." 하고 느끼는 시점이 사람마다 달라서 재밌다. 목련이나 벚꽃이 피는 걸 보고 봄을 감각하는 이가 있는가 하면, 벚꽃이 지고 여린 새잎까지 다 돋은 뒤에야 겨울 코트를 벗는 사람도 있다. 나는 공기에서 느껴지는 기운으로 봄이 왔음을 알아챈다. 정확히 말하면 기운이라기보단 기분에 가까울 때가 더 많은데, 찬바람에 몸을 웅크리지 않을 정도만 되어도 봄으로 친다. 사실 봄을 향한 카운트다운은 동짓날부터 이미 시작되어 있다. 꼬박꼬박 일몰 시간을 확인하며 봄을 기다린다. 연중 밤이 가장 긴 동지부터 매일 1분씩 해가 길어진다는 이야기를 듣고 난 후 생긴 버릇이다.

아직 오지 않은 봄을 마중 나가는 기분으로 봄 캠핑을 떠난다. 기분은 봄이지만 기온은 아직 겨울이라 난로랑 핫팩이랑 극동계용 침낭까지 챙겨가야 한다. 캠핑 의자에 앉아서 봄이 다가오는 모습을 실시간으로 지켜본다. 낮 동안 잠시 기온이 오르면 기회를 틈타 무거운 겨울 외투를 벗어버린다. 고작 외투 하나 벗었을 뿐인데 자유 영혼이 된 듯한 착각이 든다. 조금 이르지만 달콤한 봄바람의 유혹에 넘어가 아이스 아메리카노도 마셔 본다. 컵 안에서 얼음이 달그락거리는 소리가 반가워서 손이 얼 때까지 쥐고 있는다.

100퍼센트의 봄 캠핑을 즐기기 위해서는 자리를 잘 잡는 것이 중요한데, 가능하면 나무 아래에 텐트를 설치해야 한다. 자연 속에서 나무는 봄의 속도를 가늠케 하는 프리즘 역할을 한다. 고개를 들 때마다 나무는 조금씩 달라져 있다. 어제까지만 해도 앙상했던 나뭇가지에 여린 잎 한두 개가 퐁퐁 솟아 있는 걸 발견할 때면 교과서 속에서나 보았던 '생명의 신비'라는 표현이 드디어 내 것이 되었구나 싶다.

아주 운이 좋았던 어느 해의 봄 캠핑엔 벚꽃이 피는 과정을 실시간으로 목격할 수 있었다. 벚꽃으로 유명한 캠핑장이었는데 우리가 너무 서둘러서 왔는지 꽃봉오리만 잔뜩 맺혀 있었다. 이번엔 실패인가보다 하며 기대를 접으려던 차에 봄비가 내렸다. 빗방울이 제법 굵었다.

"오늘 나무는 기분 좋겠네. 과음해서."

"막 소리 지르고 있을지도 몰라. 네가 맥주 앞에서 하는 것처럼."

낮잠을 자고 일어나니 비는 멎어 있었다. 텐트 밖으로 나와 기지개를 켜는데 입을 앙 다물고 있던 꽃봉오리가 그새 미세하게 벌어진 모습이 눈에 띄었다. 불과 몇 시간 만에 꽃이 피기도 하는구나. 그러고 보니 식물 세밀화가 이소영 작가님이 이런 글을 쓴 적이 있다. "식물은 우리가 생각하는 만큼 느리지 않다."고.

계절은 매 순간 변한다. 단 한순간도 같은 풍경

이 반복되지 않는다. 그 마술 같은 순간을 촘촘하게 관찰하고 싶은 욕구가 나를 매번 캠핑장으로 이끈다. 캠핑 짐을 싸고 다시 푸는 일은 정말 귀찮지만. 계절에 대한 진심이 귀찮음을 이긴다. 귀찮음을 이긴 사랑. 진짜다.

여름 캠핑

용기와 충동. 같은 결과를 향해 가더라도 둘 중 어느 단어를 거치느냐에 따라 과정이 전혀 달라진다. 충동은 일시적인 것이어서 후회를 남기지만, 용기를 내서 만든 씩씩한 기운은 쉽게 사라지지 않는다. 나는 충동적인 행동을 자주 하지만 용기가 있는 사람은 아니다. 그런데 여름엔 이상한 용기가 샘솟는다. 잠시 머뭇거리다가도 새파란 하늘 한번 올려다보고는 이렇게 생각해버리는 것이다. '이렇게 나른한 공기 속에서 나쁜 일이 생길 리 없어!' 동의하지 않는 사람도 많겠지만 나는 습기를 머금은 여름 공기가 좋다. 여름 공기에선 바다 냄새가 난다.

해가 긴 것도 용기를 가지는 데 큰 몫을 한다. 저녁 6시가 넘었는데도 이렇게 밝다니. 뭐든 시작할 수 있고 어디든 떠날 수 있을 것 같은 자신감이 생긴다. 할 일이 산더미처럼 쌓여 있어도 모른 척 시치미를 뚝 떼고 캠핑을 떠날 용기가 항시 대기 중이다. 그래서 여름엔 기꺼이 한량이 되는 편을 선택한다. 남은 일에 대한 미련을 버리지 못하고 어딜 가나 노트북 및 일거리를 바리바리 챙겨 다니는 나지만, 여름엔 과감하게 모두 놓고 간다. 일을 하지 못했다는 죄책감은 여름 볕에 5분만 널어 두어도 금방 증발해버린다. 해가 떠 있는 동안에는 일단 놀자. 닥치면 어떻게든 해결할 수 있을 거야. 인생에서 정말 중요한 건 여름을 즐기는 거라고!

그리하여 물 만난 물고기, 아니 여름 만난 충동

주말의 캠핑

멋과 기분만 생각해도 괜찮은 세계

editor's letter

'딴딴' 시리즈의 세 번째 책 『주말의 캠핑: 멋과 기분만 생각해도 괜찮은 세계』는 주말이 되면 잠시 현실의 문을 닫고 자연의 문을 여는 사람의 이야기입니다. 일상 속 작은 기쁨을 채집하는 데 재능이 있는 사람이 캠핑이라는 비일상의 세계에서 찾아낸 다른 모양의 낭만이 펼쳐집니다.

김혜원 작가에게 캠핑은 효율성 제로의 일들만 골라 하는데도 시간이 아깝지 않은 마성의 세계입니다. 마음에 드는 멋진 나무를 골라 그 아래 집을 지을 수도 있고, 파도 소리를 배경 음악 삼아 불멍을 하며 맥주를 마실 수도 있으니까요. 자연 속에서 보내는 주말 덕분에 그녀의 일상은 전보다 솔직하고 건강해졌습니다. 가뿐한 마음으로 다시 돌아올 수만 있다면, 가끔은 현실에서 멀어져 보는 것도 자신을 아끼는 좋은 방법이라고 사랑스럽게 이야기하는 책입니다.

인디고 에세이 딴딴 시리즈

당신은 먹고사는 일 이외에 인생에 무해한 딴짓,
딴생각도 하며 살고 있나요?
단순한 취미 이상의 썸띵을 가지고
단단하게 인생을 꾸려가는 사람들의 이야기를 담았습니다.

인간은 틈만 나면 물가로 달려간다. 초여름엔 바다로 가고 한여름엔 계곡으로 간다. 여름 캠핑은 이유 없이 생각나서 문득 불러내는 동네 친구 같다. 약속을 잡고 격식을 차려 만나는 친구와는 조금 다르다. 요 앞에 마실 나가는 차림으로 제철 과일 예쁘게 깎아 넣은 반찬통 하나, 수건 한 장 챙기면 여름 캠핑 준비는 끝이다. 더위에 지치지 않고 캠핑을 즐기는 비결은 거창한 무언가를 하려는 욕심을 덜어내는 것이므로. 여름엔 무리해서 텐트를 치지도, 요리를 하지도 않는다. 2시간 정도 물놀이를 하다가 편의점에서 컵라면 한 그릇 나눠 먹고 당일치기로 돌아올 때도 많다. 조금 아쉬워도 내일, 다음 주에 또 오면 된다는 생각으로 산뜻하게 귀가한다.

슬리퍼가 마를 새 없이 여름에 취해 지내다 보면 어느새 공기에서 찬 기운이 느껴진다. 어렸을 때, 우리나라의 절기 구분은 잘못된 게 아닌가 생각한 적이 있다. 어째서 8월 초가 입추야. 가을의 시작이 뭐 이렇게 더워. 그런데 이제는 알겠다. 절기는 과학이다. 입추가 되면 거짓말처럼 더위가 한풀 꺾인다. 그때부터 여름을 보낼 준비를 한다. 많이 좋아하는 대상일수록 치밀한 이별 준비가 필요한 법이니까. 내가 사랑하는 여름의 순간들을 마음속 기쁨 채집통 속에 차곡차곡 넣어둔다. 모닥불을 쬐며 먹는 수박과 무화과의 맛. 온 세상이 오렌지 색 스노우볼에 빠진 것처럼 황홀한 색으로 변하는 걸 지켜보는 시간. 물놀이 후 평평한 바위에 올라가 드러누울 때. 차갑게 식은 몸과 햇볕에 데워진 돌이 닿는 순간의 포근한 느낌. 비 온 뒤 뜨는 무지개를 우연히 만났을 때의 설렘 같은 것들. 여름에 충전한 용기와 충동의 순간들은 추운 계절을 건널 연료가 되어준다.

가을 캠핑

가을엔 가능하면 일주일짜리 긴 휴가를 낸다. 캠핑 주간을 보내기 위해서다. 재작년엔 제주도를 한 바퀴 돌았고, 작년엔 7번 국도를 따라서 동해안 일주를 했다. 가을을 고집하는 이유는 캠핑하기에 가장 편한 계절이기 때문이다. 아무 데서나 자도 더워 쓰러지거나 얼어 죽지 않는 날씨를 믿고 모험을 떠나 보는 것이다.

돌이켜 보면 나의 캠핑 능력은 이 기간에 급격히 발전했다. 3일쯤 씻지 못해도 거뜬히 견딜 수 있게 됐고, 나뭇가지를 주워다 불을 피울 수 있게 됐으며(자연의 나뭇가지들은 젖어 있어서 쉽게 불이 붙지 않기 때문에 보통은 마른 장작을 사서 불을 피운다), 덜 익은 즉석 밥으로 끼니를 때울 수 있게 됐다.

새로 생긴 능력 중 가장 마음에 드는 것은 아는 동네를 늘리는 재주다. 캠핑 주간을 통해 목적지가 아닌 곳, 알려지지 않은 해변이나 귀여운 마을, 경치 좋은 절벽 같은 보물들을 발견한다. 누구나 가질 수 있는 지도가 아닌 나만 아는 보물 지도를 만들어 가며 사는 삶이란 얼마나 근사한지. 꼭 캠핑을 하지 않더라도 내비게이션을 끄고 우리나라 구석구석을 모험해 보기를 추천한다. 인생의 권태기가 왔을 때 '아직 내가 겪어 보지 못한 멋진 동네가 많다'는 사실과 '그런 동네를 쉽게 찾아낼 수 있다'는 믿음이 심심한 위로가 될 것이다.

오래전 영화 〈월터의 상상은 현실이 된다〉를 보며 납득하기 어려웠던 장면이 있었다. 사진가 숀이 오랫동안 기다려왔던 '유령 표범'을 발견했으면서도 카메라 셔터를 누르지 않는 부분이었다. 숀은 말한다.
"아름다운 순간을 보면 카메라로 방해하고 싶지 않아. 그저 순간 속에 머물고 싶지."

영화가 전하고자 하는 메시지를 머리로는 이해했지만 공감이 되진 않았다. 어차피 유령 표범은 맨눈으로는 볼 수 없을 만큼 멀리 있고, 숀은 카메라 렌즈를 통해서 유령 표범을 발견한 것이었는데. 얼른 한 컷 찍고 마저 감상하면 안 되나? 셔터 누르는 게 감상에 뭐 얼마나 방해가 된다고.

캠핑 주간을 보내며 그 마음을 이해했다. 가을 햇살을 받아 온 세상이 보석처럼 반짝반짝 빛나던 순간. 완벽하게 아름다운 순간이 내 인생에 또 있을까 싶었지만 사진을 찍고 싶진 않았다. 손만 뻗으면 카메라를 들어 지금을 기록할 수 있었지만, 이 순간의 사진은 분명 두고두고 나를 기쁘게 할 테지만. 어쩐지 그냥 낭비해버리고 싶은 기분이었다. 별 의미 없는 허영심이었을 수도 있다.

하지만 아름다움을 펑펑 사치스럽게 소비하는 과정에서 설명할 수 없을 만큼 큰 쾌감이 느껴졌다. (그래서 래퍼들이 공연장에서 돈을 뿌리는 걸까?) 올가을에도 캠핑 주간을 보낼 수 있었으면 좋겠다. 사치스러운 모험의 순간을 기대하고 있다.

영원히 반복되어도
좋을 하루를 보내는 법

캠핑에도 MBTI가 있다면 J형(계획형)과 P형(즉흥형)을 나누는 기준은 아마도 숙박 형태가 결정하지 않을까. J형 인간은 출발 한 달 전에 캠핑장부터 예약해 두고, 시간 단위로 일정을 계획하여 움직이는 여행을 선호할 가능성이 높다. 계획 변태들이 당장 오늘 잘 곳도 정해지지 않은 모험을 감당할 수 있을 리가 없을 테니. 반면 즉흥적인 P형 인간은 굳이 목적지를 정해두지 않고 마음 가는 대로 자연을 탐험하다가 대충 적당한 곳에 누워 자는 캠핑에 끌릴 것이다. 무계획 캠퍼를 위한 숙박 형태로는 요즘 유행하는 '차박(텐트 대신 차에서 잠을 자는 캠핑)'이 있다. 공터건 공원 주차장이건 차 세울 한 평 땅만 있으면 그곳이 바로 '오늘의 집'이 되는 셈이라 기분을 따르는 이들에게 딱이다.

참고로 나는 검사할 때마다 MBTI 유형이 바뀌는 인간으로 주로 ENFP와 ENFJ를 오가는데 이런 성향은 캠핑을 할 때도 그대로 적용된다. 어떤 모험을 앞두고는 만반의 준비를 한다. 캠핑장 시설, 입퇴실 시간, 사이트 간격, 텐트를 칠 방향, 매끼니 먹을 음식까지 꼼꼼히 따져가며 계획을 세운다. 그러나 어떤 경우엔 침낭이랑 의자만 챙겨서 구름이 예쁜 방향으로 무작정 떠나기도 한다. 그리고 이번 동해 일주에서 나는 P형, 즉흥형 자아와 함께하기로 결심했다. '동해 바다를 따라 남쪽으로 내려가겠다'는 느슨한 계획 말고는 별다른 작정을 하지 않았다. 국내에서 하는 캠핑의 최대 장점은 전국의 어떤 마을에 가더라도 말이 통한다는 점이다. 이방인이 아닌 덕분에 '어떻게든 되겠지' 모드로 조금은 안일하게 굴 수 있다. 아직 날씨가 따뜻하니 잠은 차에서 자면 될 것이다. 밥은? 어떤 동네든 식당 하나쯤은 있을 테고. 아니면 버너에 물 끓여서 라면 하나 삶아 먹으면 그만이다. 무엇보다 일정이 꽤 기니까. 발길 닿는 대로 아무렇게나 쏘다니다가 그 대가로 하루 이틀쯤은 덜 만족스러운 캠핑을 해도 허허 웃으며 넘길 자신이 있었다.

즉흥 여행 서사에 빠지면 섭섭한 클리셰가 하나 있다. '스쳐 지나갈 작정으로 큰 기대 없이 들른 도시'와 사랑에 빠지는 이야기다. 뻔하지만 반가운 클리셰에 따라 우리는 울진에 도착했다. 동해 일주 둘째 날, 장호항에서 해 지는 모습을 너무 오래 구경한 탓에 목표로 삼은 차박지까지 가지 못한 채 해가 져버렸고, 진행 방향에 놓인 도시 중 그나마 가장 익숙한 도시를 택해야 했는데 그게 울진이었다.

인터넷에 '울진', '차박' 같은 검색어를 대충 넣어 찾은 장소, 구산 해수욕장에 도착하니 저녁 8시가 훌쩍 넘어 있었다. 이미 사방이 캄캄해져서 경치가 어떤지, 주변에 우리와 비슷한 사정의 캠퍼가 몇 팀이나 더 있는지, 바닷물은 맑은지 전혀 파악할 수 없었다. 그 와중에 나에게는 다음 날 아침까지 반드시 완성해야 하는 원고가 남아 있었다. 기세 좋게 일주일이나 휴가를 냈지만 내 몫으로 주어진 일이 사라진 건 아니어서 캠핑 도중 틈틈이 회사 안팎으로 벌여놓은 일들을 처리해야 했다. 낮에는 노느라 바빴기 때문에 주로 해가 진 이후 캠핑 랜턴 불빛에 의지해 키보드를 두들겼다. 그리하여 울진의 첫인상은 '늦가을 추위에 곱은 손을 핫팩으로 녹여 가며 새벽 4시까지 원고를 마감한 곳'으로 기록됐다.

당연한 이야기지만 캠핑할 때는 알람을 맞추지 않는다. 그런데도 매일 비슷한 시간에 눈이 떠진다. 아무리 늦게 잠들어도 아침 8시 전엔 깬다. 오줌이 마렵기 때문이다(아마도 잠들기 직전까지 마셔대는 맥주 탓인 듯하다).

울진에서 맞는 첫 아침. 역시나 화장실에 가려고

차 문을 열었다가 볼일이 급하다는 것도 잊고 바다를 처음 본 사람처럼 감동했다. 아침 햇볕을 받아 각기 다른 빛깔로 반짝이는 모래가 끝이 보이지 않을 정도로 펼쳐져 있었다. 심지어 해변에는 우리를 제외하고 단 한 사람도 보이지 않았다. 그래 화요일 아침에 울진 바닷가에서 눈을 뜰 수 있는 사람이 세상에 몇이나 되겠어. 저 예쁜 해변이 다 우리 거라니! 1초에 한 번씩 밀려들어와 보석처럼 부스러지는 파도 앞에서 괜히 부자가 된 기분이었다.

"가만히 있어도 통장에 돈이 쌓이는 부자들은 이런 마음일까."

"이렇게 아름다운 풍경 앞에서 멋없는 소리 좀 하지 말아 줄래. 얼른 오줌이나 싸고 오자."

사실 부자의 마음 같은 건 아무래도 상관없었다. 실없는 농담이 자꾸 떠오르고 옅은 웃음을 감출 수 없는 지금과 같은 상태가 지속될 수만 있다면 일론 머스크가 온 대도 부러워하지 않을 자신이 있었다.

일찍 일어나 간단히 아침을 챙겨 먹고 다음 목적지로 떠날 예정이었던 우리는 다른 선택을 했다. 그날의 모든 일정을 취소하고 울진에 좀 더 머물기로 한 것이다. 나는 필름 카메라와 책, 스피커, 위스키가 담긴 스틸 플라스크를 챙겨서 해변으로 내려갔다. 김수현은 해변 뒤편의 소나무 숲에서 해먹 치고 낮잠을 자겠다고 했다.
모래 위에 담요를 깔고 익숙한 자세로 드러누웠다. 피부가 타든 말든 쏟아지는 가을 햇볕을 있는 대로 즐기다가 너무 뜨겁다 싶은 순간 자세를 바꾸어 돌아누웠다. 근처에 경비행장이 있는지 지브리 영화에 나올 것 같이 생긴 귀여운 비행기가 10분에 한 번씩 머리 위로 지나갔다. 잔잔한 파도가 치는 바다 위로 비행운이 그려지는, 얼핏

화면 보호기 이미지처럼 보이는, 단조롭지만 완벽하게 아름다운 풍경을 하염없이 바라보고 있었다. 그러니 고양이의 마음을 알 것 같았다. 쟤들은 온종일 무슨 생각을 하나. 유튜브도 SNS도 없이 누워만 있으면 심심하지 않나 싶었는데. 심심하지 않겠구나. 무기력한 거랑 나른한 기분은 비슷하면서도 다른 거구나.

시답잖은 공상이 끝나갈 때쯤 소나무 숲에 있던 김수현이 해변으로 내려왔다.

"이 정도 날씨면 물에 들어가도 될 것 같지 않아? 수영하기 딱 좋은 온도네."

바닷물에 발을 담가 보고는 산책 끝난 강아지처럼 아쉬운 표정을 지었다. 다시 해가 기울고 있었다. 다른 도시로 이동하려면 슬슬 정리하고 움직여야 할 시간이었다.

"우리 여기서 하루 더 놀다 갈까?"

"그러자. 포항이랑 경주는 다음에 가지 뭐. 내일

MONT

도 오늘처럼 해변에 누워서 그냥 흘려보내자."

서로 같은 마음임을 확인하자마자, 김수현은 입고 있던 티셔츠와 바지를 벗어 던지고 바다에 들어갔다. 한 명은 11월의 바다에 풍덩 들어가 팬티 바람으로 해수욕을 하고, 다른 한 명은 한낮부터 얼큰하게 취해 모래에 파묻혀 있는 모습이라니. 거참 청춘 뮤직 비디오의 한 장면 같네. 마침 스피커에선 비치 파슬스의 노래가 흘러나오고 있었다. 세상을 다 가진 표정으로 바다 위에 둥둥 떠 있는 남편을 멍하게 보면서, 시간이 이대로 멈추길 바라는 기분이 어떤 건지 이해했다. 하루 더 있기 잘했지. 영원히 반복돼도 좋을 하루를 진짜로 반복할 수 있게 됐네. 생각하며 집에 데리고 갈 단 하나의 조개껍데기를 신중하게 골라 주머니에 넣었다.

P.S.

구산 해수욕장에서 보낸 꿈같은 순간은 이상한 초능력을 남겼다. 책상 위에 얌전히 놓인 조개껍데기를 볼 때, 무심코 틀어둔 플레이 리스트에서 비치 파슬스의 노래가 나올 때. 울진에서 느낀 나른한 기분을 소환할 수 있게 됐다. 그 순간만큼은 내부순환도로의 자동차 소음도 파도 소리처럼 들린다. 견뎌야 하는 대상이었던 시간이 구름처럼 자연스럽게 흘러간다.

차박의 재미들

꽤 오래전부터 제주도에서 살고 싶다는 생각을 해왔다. 잡지 에디터 시절 취재차 제주도에 갔다가 완전히 반해버린 뒤론 고향 찾아 내려가듯 1년에 서너 번씩 제주도를 여행했다. 20대 내내 '나는 여행 별로 안 좋아해.'라는 태도로 살았는데, 알고 보니 내게 맞는 여행 방식을 못 찾았던 거였다. 미디어나 SNS에 공유되는 방식이 여행의 전부는 아닌데. 내 것이 아니라고 치워 놓은 카테고리 안에 인생의 재미가 숨어 있을 수도 있다. 그러고 보면 캠핑이 삶의 낙이 될 거라고는 상상도 못했다.

물론 제주도에서 캠핑을 하게 될 거라고도 예상하지 못했다. 주변에 캠핑을 하는 사람들이 없었던 건 아니다. 몇 년 전 제주에서 한 달 살기를 할 때, 옆방 언니, 오빠들은 캠핑하느라 며칠씩 집에 안 들어오곤 했었다. 햇볕에 타서 빨갛게 달아오른 피부를 차가운 맥주 캔으로 식히며 그들은 말했다. 아무도 없는 바닷가에서 하는 밤낚시의 재미에 대해, 눈 뜨자마자 바다로 뛰어 들어가는 아침 수영의 낭만에 대해. 그런 모험담을 매일 들으면서도 별생각이 없었다.

2019년, 세상에 코로나가 존재하지 않았던 마지막 해에 김수현은 한 달 동안 전국을 돌며 캠핑을 했다. 해외여행이 가능했던 시기라 긴 휴가를 받은 다른 동료들은 유럽으로, 동남아의 작은 섬으로 떠나곤 했지만, 김수현은 익숙한 곳에서 최대의 모험을 하기를 원했다. 아무래도 해외에 가면 평소보다 조심해야 할 것이 많아지니까.

마지막 주에 배를 타고 제주도로 들어가서 차박을 할 계획이라고 해서 나도 함께하기로 했다. 일주일이나 캠핑을 하는 건 처음이라 내 평소 성향에 따르면 출발 전 오만가지 걱정을 하며 안절부절했겠지만, 목적지가 제주라서 함께 여행하는 사람이 오랜만에 보는 남편이라서 들뜬 기분에 취해 어영부영 떠날 수 있었다. 겁이 많은 인간에게 재밌는 일이란 보통 무언가에 취해 있을 때 일어난다.

캠핑을 가장한 제주도 술집 도장 깨기

제주에 도착했을 때는 밤 9시였다. 맥주 마시기 딱 좋은 시간.

제주에는 멋진 술집이 정말 많다. 숲길에 덩그러니 있는 이자카야나 가로등도 없는 작은 마을에 위치한 펍 같은 곳들. 가보고 싶은 술집을 발견할 때마다 지도 앱에 별을 찍어 저장해 두었더니 제주도 지도가 별 사탕 봉지처럼 되었다. 궁금한 가게는 많지만 실제로 경험해 본 곳은 손에 꼽는데, 술을 마시고 숙소로 돌아갈 길이 요원하기 때문이다. 버스는 일찍 끊기고(애초에 술집까지 버스가 닿지도 않는다), 택시와 대리 운전을 이용하려면 정말 운이 좋아야 한다. 도시에서 하던 대로 가게 문 닫을 때까지 흥청망청 마신 뒤에 콜택시를 불렀는데 1시간이 지나도록 배차가 되지 않아서 결국 사장님이 숙소까지 데려다주신 적도 있다. 호의를 받지 못했다면 엉엉 울면서 캄캄한 숲길을 걸어 나왔어야 했을 것이다.

아무튼(!) 제주도에서 오랜만에 재회하니 연애하는 것처럼 설레서 잠시 배고픈 것도 잊고 있다가, 저녁 식사 겸 해변에 있는 펍에 들렀다. 가을 시즌 한정 맥주를 벌컥벌컥 들이켜는 나를 남편이 빤히 봤다. 사랑이 담긴 눈빛……이라기 보단 맥주를 향한 욕망이 그득한 눈빛이었다.

"그러지 말고 한잔해."

"안 돼. 운전해야 되잖아."

"마시고 오늘은 그냥 주차장에서 자면 되지."

그렇게 캠핑을 가장한 제주도 술집 도장 깨기가 시작됐다.

"오늘~은~ 또~ 어떤~ 술집을~ 가~볼까~."

"뭘~ 먹어야~ 잘~ 먹었다고~ 소문이~ 나나~."

해가 지고 나면 별 사탕 봉지를 뒤적여 괜찮은 술집을 찾아냈다. 그리고 술집 근처 주차장이나 공터에 차를 세우고 홀가분한 마음으로 술을 마셨다. 우리는 전 세계의 체육관을 찾아다니는 포켓몬스터 주인공 지우처럼 일주일 내내 다른 술집에 갔는데, 어느 날 김수현이 "제주도는 아무 데나 막 가도 좋은 장소가 나오네!"라고 말해서 머리에 꿀밤을 콩 쥐어박았다. 아무 데나 막 가도 좋은 게 아니라 누나가 다년간 쌓아온 고급 정보로 좋은 곳만 엄선해 소개해 주는 거란다.

"잘 먹었습니다. 또 올게요!"

영업 종료 시간에 맞춰 기약 없는 인사를 하고, 비틀거리며 나와 차가 세워진 곳까지 짧은 산책을 했다(물론 나만. 김수현은 좀처럼 과음을 하지 않는다). 20대 초반의 대학생 커플들처럼 아이스크림을 하나씩 입에 물고 길바닥에 앉아서 쉬기도 했다.
"이러고 있으니까 영화에 나오는 청춘 같다. 대책 없이 빈둥거리고. 일도 안하고 연애만 하고."
우리는 매달 착실히 은행 빚을 갚는 중인 성실한 부부. 신혼여행으로 세계 일주를 떠나기는커녕 예산이 모자라 목적지를 하와이에서 치앙마이로 바꾼 지극히 현실 속에 사는 애들이지만. 가끔 이렇게라도 자유를 느낄 수 있어서 세속적인 생활에 대한 환멸을 견딜 수 있는 것 같다. 파도 따라 바람 따라 자유롭게 살고 싶은 욕망을 캠핑이 어느 정도 충족시켜 준다. 혹시 당신도 평소에 "다 그만두고 바다나 보면서 살고 싶다."는 말을 자주 하시나요? 공익을 위해 알립니다. 보헤미안 꿈나무에겐 캠핑이 특효약입니다.

목욕 후 마시는 바나나 우유만큼 달콤한,
캠핑 후 목욕

우리 엄마는 대중 목욕탕을 이용하지 않는다. 목욕탕 특유의 훈기가 엄마에게는 숨 막히는 답답함으로 느껴진다고 했다. 당연하게도 나에겐 '목욕 후 먹는 바나나 우유' 같은 추억이 전혀 없다. 캠핑을 시작하면서 목욕탕 가는 재미를 알게 됐다. 아무래도 캠핑을 하다 보면 사람이 좀 꼬질꼬질해진다. 차박을 할 때는 양치질만 할 수 있어도 감사해야 할 환경이 대부분이고, 샤워실이 딸린 캠핑장도 형편이 크게 다르지 않다.

그래서 캠핑 모드일 때는 최소한으로만 씻고(!) '꼬질꼬질 에너지'가 모이면 가까운 목욕탕으로 달려간다. 물놀이를 하고 난 후 먹는 라면이 유독 맛있는 것처럼. 목욕 후 마시는 바나나 우유가 유독 달콤한 것처럼. 캠핑 후 하는 목욕은 특별히 개운하다. 딱딱한 바닥에서 자느라 쌓인 피로가 단숨에 사라지고 새로 태어난 기분이 된다. 제주에 있는 일주일 동안, 아침마다 목욕탕에 가는 게 하나의 루틴이 됐다. (그 짧은 기간에 루틴을 만들다니. 참 나답다 싶다.)

목욕탕의 위치나 규모에 따라 분위기가 완전히 달라서 고르는 재미가 있었다. 호텔 목욕탕은 스파를 받는 것처럼 쾌적해서 좋고, 시골의 작은 목욕탕엔 나름의 질서와 규칙이 있어서 정겹다. 제주도 캠핑 일주가 남긴 내 사진 중 가장 좋아하는 것은 목욕탕 거울 앞에서 머리엔 헤어롤을, 손에는 목욕 바구니를 든 채 찍은 사진이다.

낯선 숲을 걷는 일

제주도 캠핑 일주를 통해 새로운 취미 하나를 더 갖게 됐다. 어떤 배우를 좋아하게 되면 그가 출연한 다른 작품을 찾아보게 되고 그 과정에서 그동안 깨닫지 못했던 또 다른 취향을 알게 되는데

(이를테면 A배우 때문에 보기 시작한 작품인데 B배우에게 빠지게 되는 일처럼), 캠핑의 세계에서도 이와 비슷한 일이 종종 일어난다. 캠핑으로 시작했다가 낚시에 빠지는 사람도 있고, 뒤늦게 해루질●에 재미를 붙여 여름만 기다리는 캠퍼도 있다. 취미가 생긴다는 것은 사람이 오는 것만큼이나 어마어마한 일인 것이다. 그 취미에 얽힌 세상이 함께 오는 것이니까. 나 또한 캠핑 때문에 발을 담근 취미가 여럿 있는데, 그중 트레킹은 제주 캠핑에서 시작됐다.

트레킹의 사전적 정의는 '심신 수련을 위해 산이나 계곡 따위를 다니는 도보 여행'이다. 무슨 바람이 불었는지 김수현이 아침 일찍 숲에서 트레킹을 하자고 했다. 나는 숲보다는 바다파이고 아

● 얕은 바다에서 맨손으로 어패류를 잡는 일을 뜻하는 말. 여름엔 해루질을 하기 위해 캠핑을 하는 캠퍼들이 많다.

침잠이 많아 썩 내키진 않았지만 이번 여행엔 명백히 내가 '낀' 것이니 군말 없이 따라나섰다. 걔가 선택한 숲은 유명한 관광지가 아니라 동네 주민들이 애용하는 산책로 같은 곳으로 블로그를 통해 알음알음 알려진 숨은 명소였다. 당연히 번듯한 입구나 지도도 없었다. 트레킹 초보 주제에 이런 난이도 높은 숲을 고르다니. 대충 입구로 보이는 곳에 차를 세우고 아침 안개가 덜 걷힌 숲길을 걷기 시작했다. 전직 포켓몬 마스터이자 모험 마니아 김수현은 맥주와 삼각 김밥을 담은 배낭을 메고 슬리퍼를 신은 채로 외쳤다.

"자 이제 모험 시작이야!"

낯선 숲을 걷는 일은 상상 이상으로 즐거웠다. 얼마 걷지 못하고 쓰러진 나무에 걸터앉아 삼각 김밥을 먹어치운 우리는 갈림길이 나올 때마다 번번이 틀린 선택을 했는데, 이상하게 그 상황이 재미있게 느껴졌다. 짜증이 나지도 무섭지도 않았다. 이럴 거면 헨젤과 그레텔처럼 밥풀이라도 떨어뜨리면서 와야 했던 것 아니냐며 깔깔 웃었다. 내가 이렇게 호탕한 사람이었나. 낯선 풍경에 놓이면 나도 몰랐던 자아가 툭툭 튀어나와서 매번 놀라게 된다. '어차피 해 지기 전에만 길을 찾으면 되는 것 아닌가'. '곧 출구를 찾게 되어 있어'. 헐렁한 마음으로 숲을 기웃거렸다. 평소에도 이렇게 긴장을 풀고 지내면 좋을 텐데.

제주도에 있는 동안 우리는 바다보다 숲을 더 자주 찾았다. 숲속을 걷다가 도시락을 먹었고, 어떤 날은 해먹을 치고 낮잠을 자기도 했다. 요즘도 가끔 숲에서 일어났던 일을 곱씹는다.

"그때 우리한테 길 물어 보러 왔던 자전거 타는 사람들 기억나? 우리가 클래식 틀어놔서 되게 이상하게 쳐다봤잖아. 클래식 연주곡이 어떻게 들으면 좀 무섭긴 하니까. 아직도 조성진 앨범만 들으면 그때가 생각나."

"트레킹 싫다더니. 되게 재밌어하네. 그럴 줄 알았어."

'그럴 줄 알았어.'라는 말을 나쁜 일에 쓰는 사람이 있고 기쁜 일에 쓰는 사람이 있는데 김수현은 확실히 후자다. 그리고 행운은 후자의 사람에게 오는 것 같다.

캠핑과 라디오

나는 일평생을 라디오 키드로 지내왔다. 10대 때는 심야 라디오를 들으며 공부했고(라디오에서 좋은 노래가 나오면 테이프에 녹음해 좋아하는 친구에게 선물했다), 20대 때는 라디오와 함께 통학했다(20대의 절반을 인천과 서울을 오가며 강하게 컸다). 30대가 된 지금도 여전히 라디오를 듣는다. 운전을 하는 동안에도 설거지를 하는 중에도 야근을 하면서도 늘 라디오를 켜 놓기 때문에 내게 라디오는 당연히 있어야 할 일상의 소리로 느껴진다.

오래된 라디오 프로그램은 그 자체로 시간을 상징하기도 한다. 이를테면 오전 9시는 〈아름다운 이 아침 김창완입니다〉 할 시간. 오후 6시는 〈배철수의 음악캠프(이하 '배캠')〉 할 시간. 대충 이런 식이다. 매일 같은 시간에 같은 사람이 진행하기 때문일까. 라디오에는 생활의 기운이 묻어 있다. 그냥 노래를 들을 때와는 묘하게 다르다. 나를 둘러싼 공간이나 상황에 안정감을 느끼게 해준다.

그러고 보니 낯선 여행지에서 스타벅스를 만났을 때의 안도감과도 조금 비슷한 것 같다.

캠핑을 갈 때는 블루투스 스피커를 꼭 챙겨간다. 라디오를 듣기 위해서다. 오후 6시가 되면 둘 중 하나가 외친다. "헐! 배캠할 시간이다!" 해 질 무렵 오렌지색 하늘 아래서 오렌지색 모닥불을 보면서 라디오를 듣는 시간을 우린 참 좋아한다. 어느 브랜드의 캠페인 카피처럼 '캠핑은 관광이 아니라 이곳을 살아보는 일'임을 실감하게 되는 시간이다. 부지런히 저녁을 만들며 배철수 아저씨의 펑키한 목소리를 듣는다. 배캠의 펑키한 선곡을 들으면 덩달아 펑키한 기분이 된다. 세상에서 '펑키'라는 단어가 이보다 더 잘 어울리는 라디오 프로그램이 있을까?
나와 비슷한 구석이 조금이라도 있어서 닮고 싶은 어른이 있는가 하면, 공통점이 전혀 없어서 배우고 싶은 어른도 있는데 디제이 배철수는 단연 후자다. 청년은 별로 부럽지 않다고. 청년보단 중년이, 중년보단 장년이 더 재밌다고 말하는 까칠한 어른. 직설적이지만 청취자를 아끼는 투박한 마음이 그대로 전해지는 진정성 있는 화법을 가진 어른이라 나는 철수 아저씨를 참 좋아한다. 우연한 계기로 그와 인스타 맞팔이 되어서 가끔 농담 삼아 "내 인생 최대의 업적은 철수 아저씨랑 맞팔!"이라고 말하고 다닐 정도다.

오랜 청취자로서 나는 그의 영향을 꽤 많이 받았다. 이유 없이 주눅이 들 때, 내 인생이 내 기대에 미치지 못할 때 곱씹어 보는 철수 아저씨 일화가 몇 가지 있는데. 그중 하나가 '배철수 라디오 잘린 썰'이다. 30년 동안이나 한 프로그램을 진행한 최고의 디제이지만 사실 배철수 아저씨에겐 웃픈 과거가 있다. 처음 맡은 라디오 프로그램인 〈젊음의 찬가〉에서 잘린 것이다. 그 상황을 본 철수 아저씨의 오랜 친구 임진모 평론가는 "세상에 저렇게 투박한 라디오 방송은 처음 본다. 기회를 줬는데 말아먹었으니 다시는 디제이를 못할 것이다."며 놀렸다고 한다. 실제로 그 후 10년 동안 다른 라디오 프로는 맡지 못했는데, 은퇴 후 기적적으로 기회가 다시 찾아왔고 그게 바로 〈배철수의 음악캠프〉다. 두 번째로 잡은 기회에서 이렇게나 잘 해내고 있는 것이다. 나는 이 일화를 2020년의 마지막 날 캠핑장에서 들었다. 그날 철수 아저씨는 껄껄 웃으며 이렇게 말했다.

"여러분, 이 이야기의 결론은 이겁니다. 인간에게 기회를 한 번 더 줄 필요가 있다! 하하!"

작은 실패에 일희일비하고 싶어질 때. '30년차 디제이 배철수 아저씨도 첫 번째 기회는 보기 좋게 말아먹었다.'라고 생각하면 마음이 금세 '펑키'해진다.

굳이 시계를 볼 필요가 없는 캠핑장에서 우리가 챙기는 시간이 하나 더 있는데, '〈푸른밤, 옥상달빛입니다(이하 '푸른밤')〉할 시간'이다. 밤 10시 모닥불이 절정•에 이르렀을 무렵 잘 준비를 하며 푸른밤 듣는 시간 또한 캠핑의 사랑하는 순간 중 하나이다. 불을 가운데 두고 둘러앉으면 아무리 친한 사람과 있어도 어쩐지 말이 없어지는데, 그 침묵의 틈을 라디오가 부족함 없이 채워준다. 가장 좋아하는 코너는 두 디제이가 무려 뮤지션의 자존심(!)을 걸고 선곡 대결을 하는 콘텐츠다. 이는 일요일 고정 코너로 모닥불을 보며 뮤지션의 자존심을 듣고 있다는 것은 '월요일 휴가 = 출근 없음'을 의미한다.

배철수 아저씨가 나와 달라서 배우고 싶은 어른이라면, 이 언니들은 나와 비슷한 구석이 있어서

• 캠퍼들은 이를 두고 '지옥불'이라고 부른다.

닮고 싶은 어른들이다. 슬픈 일이 있어도 안타까운 사연 앞에서도 유쾌함을 잃지 않는 모습이 멋지다. 무엇보다 이 언니들 상황극과 스몰토크를 너무 잘한다. 사람을 어떻게 대해야 할지 새삼 어려울 때 '나는 옥상달빛이다. 세상 능청스러운 사람이다!!!'라고 이미지 트레이닝을 해보기도 하는데, 꽤 도움이 된다.

예전에는 캠핑을 나오면 잠들기 직전까지 술을 마셨었는데, 화장실과 먼 사이트●를 선호하게 된 이후부터는 따뜻한 차를 마시는 것으로 밤을 마무리하게 됐다. 서서히 술이 깨는 것을 감각하며 모닥불을 살리는 일이 은근히 재밌다.
불을 꺼뜨리지 않고 나무를 오래 태우려면 공기

● 캠핑 팁! 화장실, 개수대 등 편의시설과 먼 사이트일수록 한적하고 깨끗하다.

구멍을 잘 내주어야 한다. 불을 크게 만들고 싶어서 장작을 욕심껏 욱여넣었다간 금방 불이 꺼져버린다. 새 장작은 한 번에 하나씩, 충분히 탄 장작은 아래로. 테트리스를 하듯 장작을 요리조리 움직이며 빈 공간을 사수하는 동안 생각이 먼 곳으로 흘러가기도 한다. 아직 오지 않은 미래, 미래의 내가 겪게 될 상실에 대한 생각들이 뜬금없이 부풀어 오르기도 한다(공상을 즐기는 N형 인간은 최고로 행복한 캠핑의 날에도 이런 상상을 한다). 내가 사랑하는 디제이들이 라디오를 그만둔다면 얼마나 쓸쓸할까. 캠핑 장비를 옮기고 불을 피울 기력이 없어 캠핑을 그만두게 된다면 되게 슬프겠다. 둘 중에 하나가 먼저 세상을 떠난다고 해도 계속 라디오를 듣고 캠핑을 하게 될까. 같은 것들.

IBROW
HIBROW
STANLEY

마음이 먼 곳으로 흘러가려는 바로 그 순간, 익숙한 목소리가 나를 불러 세운다. 푸른밤 클로징 멘트다.

"벌써 마지막 곡이네요. 수고했어, 오늘도. 또와, 내일도."

내일을 위해 이제 그만 자야 할 시간이지만 캠핑의 밤은 그렇게 쉽게 저물지 않는다. '장작 하나만 더 태우고 자야지.'라는 결심을 열 번쯤 한 뒤에야 겨우 자리에서 일어날 수 있다. 내가 주로 듣는 라디오 방송국의 정규 방송은 새벽 3시에 끝난다. 아직 두 개의 방송이 더 남았다. 그럴 줄 알고 장작도 넉넉하게 준비해 두었다.

100퍼센트의 캠핑 장비를 찾는 법

"맛이 없는 건 아닌데. 깊은 맛이 안 나."

아, 깊은 맛이란 얼마나 모호하고 어려운 개념인가. 내가 한 요리에서 깊은 맛이 났으면 좋겠다. 그리고 나도 깊은 맛이 나는 사람이었으면 좋겠다.

돌이켜 보면 나만의 공간을 갖게 됐을 때마다 조금씩 깊은 맛에 가까워졌던 것 같다. 내 방이 생겼을 때. 내 책상이 생겼을 때. 내 집이 생겼을 때. 주어진 공간에 내 물건을 채우는 과정에서 자연스럽게 나의 색이 또렷해졌다. 대단한 취향이 있는 건 아니지만 물건에 대한 나름의 철칙도 생겼다. 매일 쓰는 물건일수록 예뻐야 한다. 그래서 숟가락 하나도 허투루 들이지 않으려고 한다. 가진 공간마다 각각 다른 자아가 산다. 부엌에는 부엌의 자아가, 침실에는 침실의 자아가, 텐트 안에는 캠핑의 자아가. 여러 명의 자아를 꼭꼭 뭉쳐 만든 주먹밥이 나다. 그 주먹밥에선 꽤 깊은 맛이 난다. 다른 사람 입맛에 맞을진 모르겠지만 다행히 내 입엔 잘 맞는다.

처음으로 내 부엌을 갖게 됐을 때의 일이다.

엄마와 함께 식기류를 사러 갔다. 자취할 때 쓰던 조악한 그릇들은 다 버리기로 했다. 밥그릇, 국그릇, 냄비, 프라이팬, 물컵, 커피잔, 맥주잔, 와인잔, 위스키잔, 숟가락, 젓가락, 티스푼, 포크. 사야 할 것은 많은데 마음에 차는 물건이 딱히 없었다. 엄마는 복잡하게 생각하지 말고 브랜드 하나 딱 정해서 세트로 사라고 했다. 헐, 싫어. 세트라니. 똑같은 디자인의 식기구로 차려진 식탁. 완전 재미없잖아. 부루퉁한 표정으로 매장을 몇 바퀴 돌다가 별 소득 없이 집으로 돌아왔다.

"뭐가 불만인데."

"음……. 그릇들이 다 너무 새 거라서 멋이 없어."

"새 물건이니까 새 거 같지. 그럼 뭐 혼수를 고물

상에서 사 갈래?" (엄마는 빈티지 소품숍을 고물상이라고 부른다.)

내가 원하는 부엌은 뭐랄까. 대한민국 신혼부부 열 쌍 중 여덟 쌍이 사는 흔한 그릇으로 대충 채운 집 말고. 나만의 취향이 묻어나는 공간이었으면 했다. SNS 보면 다들 개성 있게 잘 꾸미고 살던데. 그런 독특하고 예쁜 그릇은 다들 어디서 구한 거야. 잔뜩 심통이 난 나에게 엄마는 조심스럽게 말했다.

"그럼 이거라도 볼래?"

본가에서 30년 가까이 살면서 한 번도 열어 본 적 없던 찬장 맨 위 칸엔 내가 찾던 그릇이 있었다! '약간 빈티지하면서 느낌 있는' 물건들. 브랜드도 무늬도 모두 제각각이었지만 모아놓으니 왠지 모르게 조화로웠다. 살면서 예쁜 그릇이나 컵이 보일 때마다 하나씩 모은 거라고 했다. '(그 놈의) 세트'로 사고 싶어도 비싸서 엄두도 못 냈다고. 쓰기 아까워서 찬장에 모셔놓고 가끔씩 꺼내 보기만 했다고. 각 그릇에 담긴 에피소드를 이야기해 주는 엄마의 모습은 묘하게 쑥스러워 보이기도 신나 보이기도 했다.

"네가 좋으면 가지고 가. 깨끗하게 닦아 놓을게. 새 거가 아니라 좀 그렇네. 그래도 원래 옛날에는 딸 시집갈 때 엄마가 모아놨던 귀한 그릇 물려주고 그러긴 했어."

나는 엄마의 30년 취향이 담긴 컬렉션을 가지고 부엌 라이프를 시작했다. 엄마의 식기류를 바탕으로 내 취향에 맞는 접시나 컵을 하나둘씩 사 모았다. 부엌 라이프 5년 차. 지금 우리 집 그릇장엔 잘나가는 편집숍 부럽지 않은 아우라가 있다(물론 나에게만 느껴지는 아우라다). 엄마의 취향과 내 취향 그리고 김수현의 취향. 내가 좋아하는 이들의 취향이 조화롭게 블렌딩되어 있다.

그릇 에피소드를 통해 나는 인생의 큰 교훈 하나

를 얻게 됐다.

취향은 일시불로 살 수 없다.

무릇 컬렉션이란 하루아침에 꾸릴 수 있는 것이 아니다. 누군가의 컬렉션이 멋있어 보인다면 그건 세월이 쌓은 아름다움일 것이다.

텐트가 생긴다는 건 어쩌면 별장이 생기는 일과 비슷할지도 모른다.

텐트를 처음 쳐봤을 때, 약간 막막한 기분이 들었다. 우리가 고른 텐트는 텐트라기보다 오두막에 가깝게 생겼고, 크기도 정말 집처럼 커다랬기 때문에. '저길 어느 세월에 다 채우지' 싶었던 것이다.

신중하게 고른 장비들을 캠핑장에 세팅해 놨을 땐 묘하게 허전하고 시시해서 약간 심술이 났다.

아니! 장비 사느라 300만 원이 넘는 돈을 썼는데. 이렇게 폼이 안 날 수가 있나? 단숨에 멋쟁이 캠퍼로 거듭나고 싶어서 조바심이 났다. 그럴 때마다 지난 세월 무수한 공간을 채우며 깨달은 교훈을 곱씹었다.

'취향을 일시불로 살 순 없지!'

취향은 돈으로 살 수 없지만 취향 있는 공간을 만들려면 돈이 필요하다. 그것도 아주 많이(여러모로 취향을 쌓는 일엔 시간이 필요하다. 하하). 제아무리 아름답고 비싼 캠핑 조명을 가져다 놓아도 그것 하나만으로는 멋의 'ㅁ'자도 쓸 수 없다. 20만 원짜리 조명이 다섯 개는 있어야 뭐 좀 가져다 놓은 티가 나는 게 장비의 세계이다.

끈기 없기로는 전국 어디 가서도 뒤지지 않는 인간으로서, 캠핑 컬렉션을 만드는 기나긴 시간을 견디는 노하우를 살짝 공유하자면 다음과 같다. 일단 텐트를 집이라고 생각하고 가능한 작은 단

위로 나눈다. 여기서부터 여기까지는 침실, 저긴 거실. 그 앞쪽은 부엌. 이런 식으로. 그다음에 가장 먼저 컬렉션을 완성하고 싶은 구역을 고른다. 모든 구역이 미완성인 상태로 육개월을 버티긴 어렵지만, 뭐 하나라도 완성되어 있으면 거길 보면서 버틸 수 있다.

나는 처음에 부엌(혹은 카페)을 완성시켰고 그다음엔 거실을 완성시켰다. 침실은…… 아직 미완성이다. 어차피 '줌 당기기 권법'을 쓰면 침실은 잘 안 보인다. '줌 당기기 권법'은 예전에 인터뷰를 하다가 20대 인스타그래머에게 배운 기술이다.

"있어 보이고 싶으면 무조건 줌을 당기세요. 어떻게 모든 걸 다 꾸며요. 보여 주고 싶은 데만 보여 주면 돼요."

그 친구는 캠핑에 잘 어울리는 성향을 타고난 사람일 확률이 높다. '완벽하지 않은 상태를 잘 견디는 것'이야 말로 캠퍼의 필수 조건이니까.

세상에 사연 없는 장비는 없다.

캠핑장에 가면 늘 산책을 한다. 사실 산책을 가장한 이웃 캠퍼 컬렉션 구경이다. 똑같은 크기의 네모난 땅인데, 어떤 이가 그 자리를 차지하느냐에 따라 완전히 다른 장소가 되어 버리는 게 신기하다. 장비 구성만 봐도 주인이 어떤 성격을 가진 사람인지 대충 짐작해볼 수 있다. 딱 필요한 것만 갖췄네. 실용성을 중요하게 생각하는 사람이군. 오븐부터 조리대까지 없는 게 없네. 캠핑 요리에 진심인 사람일 거야. 멋대로 상상해보면서 즐거워한다.

특별히 잘 꾸민 사이트를 보면 "아, 저 사람이 유튜버라서 장비 소개 콘텐츠 찍어 줬으면 좋겠다."고 생각한다. 분명 냄비 하나 장갑 하나에 구구절절한 사연이 담겨 있을 것이다. 한 사람의 컬렉션을 완성시키는 건 장비 그 자체보단, 그 안에 담긴 사연이다. 특별함을 만드는 건 결국 이야기니까. 그래서 장비 소개 영상들을 보면 다들 장비가 아니라 자기 인생을 소개하고 있나보다. (가방 속 물건을 소개하는 '왓츠 인 마이 백What's in my bag'이나 일종의 온라인 집들이인 '룸 투어room tour' 콘텐츠도 같은 맥락이 아닐까 싶다.) 나는 인생 이야기를 하는 것도 듣는 것도 모두 좋아하기 때문에 누군가가 자신의 물건을 소개하는 콘텐츠를 자주 찾아본다.

어느 날 캠핑 장비 소개 영상을 보던 내가 말했다.

"우리도 캠핑 유튜브 해볼까?"

'줌 당기기 권법'으로 연명하던 시기를 지나 나만의 캠핑 컬렉션을 완성한 후에 했던 생각이다. 뭐 하나 허투루 산 물건이 없어서 이야깃거리는 넘쳐날 텐데. 게다가 김수현은 촬영을 아주 잘하는 편이고 나는 명색이 신문방송학과 출신으로서 간단한 편집은 할 줄 안다. 대단한 성공을 하지는 못하더라도 찍어 놓으면 다 추억이 될 것이다. 재밌겠다고 말만 하고 채널조차 개설하지 않았다. 아마 채널 이름 짓다가 때려치웠던 것 같다. 그리고 결국 유튜브 대신 캠핑을 주제로 책을 쓰게 되었다. 영상의 시대지만 아무래도 글이 익숙하다. 딱히 잘하는 것도 아닌데 그냥 익숙해서 계속 글에 인생을 담게 된다.

캠핑 유튜버가 되었다면 영상으로 꼭 소개하고 싶었던 사연 많은 장비 세 가지는 다음과 같다.

대형 선반

특이사항: 대구 아버지가 만들어 주심.

손재주가 없으면 캠핑을 하기 힘들다. 불친절한 설명서만 읽고 텐트를 설치하는 일, 불이 쉽게 꺼지지 않는 모양으로 장작을 쌓는 일. 바람이 불어도 풀리지 않는 매듭을 만드는 일까지. 손재주가 없는 사람이 하기엔 스트레스만 쌓이는 어려운 숙제투성이다. 불행히도 나는 손재주가 전혀 없는 인간이다. 그런데 운 좋게도 손재주가 좋은 김수현을 동료로 맞아 어려운 숙제를 푸는 스트레스를 덜 수 있게 됐다.

김수현의 손재주는 유전인 모양이다. 대구 가족들은 다들 손재주가 좋다. 몇 년 전에 정년퇴직을 한 대구 아버지는 한동안 취미로 목공을 배우셨는데, 마침 우리가 한창 공격적으로(!) 캠핑 컬렉션을 꾸리고 있을 시기였다. 우리는 아버지에게 미국 캠핑 잡지에서 본 선반을 보여 드리며 이런 것도 만들어 줄 수 있냐고 물었다.

"함 해보지 뭐."

대구 가족의 또 다른 특징 중 하나는 뭐든지 일단 해본다는 것이다. 여러모로 모험가의 DNA가 흐르는 가족이다. 몇 달 뒤 대구 아버지가 정말로 선반을 완성해서 보여 주셨다. 글자 'ㅐ'를 옆으로 길게 늘인 모양으로, 우리가 생각했던 것보다 훨씬 크고 아름다운 선반이었다. 어느 날 선반을 찍어 인스타그램에 올렸는데 아버지가 만

들어주신 거라고 했더니, 한 친구가 "아버님이 예술가셔?"라고 할 정도로 근사했다.

처음에 그 선반을 갖게 됐을 때, 가진 장비에 비해 너무 오버 스펙이라 조금 부담스러워했던 게 기억난다. 그러나 우리는 어느새 선반의 규모에 맞는 장비 라인업을 갖추게 됐다. 자리는 사람을 만들고 장비는 장비를 부른다.

거의 모든 캠핑을 이 선반과 함께해서 이제 선반이 없으면 어색하다. 캠핑 사이트에 대구 아버지표 선반을 딱 세워 놓으면 오래전부터 그곳이 우리 자리였던 것 같은 착각이 든다. 사실 대구 식구들과 가족이 된 지 5년밖에 안 되었고, 대형 선반이 생긴 것도 최근의 일인데. 그들이 벌써 내 정체성의 일부가 되어 버렸다.

Blendy
Blendy
18
SOUP

힙플라스크

특이사항: 보관이 용이한 비상용 술(주로 위스키)이 담겨 있음.

술을 담는 휴대용 병을 '힙플라스크'라고 부른다. 털모자를 쓴 러시아 사람들 혹은 해적들이 주머니에서 힙플라스크를 꺼내서 병나발(!) 부는 장면이 영화에 종종 나온다.

영화 말고 현실에서 힙플라스크를 쓰는 사람은 캠퍼가 거의 유일하다. 물론 나도 힙플라스크를 두 개나 가지고 있다. 제주도에 있는 캠핑숍 '홀라인'에서 보고 예뻐서 샀는데, 왜 캠퍼에게 힙플라스크, 비상용 술이 필요한지 뒤늦게 알게 됐다.

캠핑의 밤은 낭만적이기도 하지만 한편으론 무섭기도 하다. 어느 날은 충청도의 산에서 캠핑을 하는데 갑자기 총 소리가 들렸다. 사방이 캄캄한 와중에 요란한 총소리 뒤로 화약 연기가 피어올랐다. 인터넷에서 찾아보니 시골에선 꿩 같은 야생 동물을 사냥하기 위해서 밤에 총을 쏘기도 한단다. 다행히 크게 위험한 상황은 아닌 듯했지만 놀란 마음은 쉽게 진정되지 않았다. 용기가 필요했다. 그때 힙플라스크에 담긴 위스키가 생각났고 영화 속 해적처럼 벌컥벌컥 병나발을 불었다. 신기하게도 그 행위만으로도 겁의 일부가 씻겨 내려갔다.

그 외에도 비상용 술이 필요한 순간은 예고 없이 찾아온다. 급하게 고른 잠자리가 너무 엉망이라 흐린 눈을 하고 싶을 때. 타인의 똥과 오줌이 가득한 화장실에서 볼일을 봐야 할 때. 밤은 깊었는데 술 딱 한 잔이 모자랄 때. 나는 주머니에서 힙플라스크를 꺼내서 병나발을 분다.

미니 토치 & 방염 장갑

특이사항: 라이터치고는 흔하지 않은 순한 색깔 & 쓰면 쓸수록 멋있게 망가지는 가죽 장갑(오토바이 장갑처럼 생김.)

캠퍼로서 내가 가진 최고의 자질은 혼자서 할 수 있는 일을 늘려가고 싶어 한다는 점이다. 턱 주변으로 음식을 잔뜩 흘리면서도 "내가 할래!"를 고집하며 숟가락을 휘두르는 애처럼 군다. 원래 그런 애들이 또래보다 빨리 혼자 밥 먹는 법을 익힌다고 하던데. 이런 자질 덕분에 똥손이지만 캠핑 세계에 빠르게 적응할 수 있었는지도 모르겠다.

내가 가장 먼저 마스터하고 싶었던 기술은 '불 피우기'였다. 사실 불과는 약간의 악연이 있다. 비흡연자인 내가 일상생활 속에서 불꽃을 다룰 일은 향초나 인센스를 피울 때 말고는 없었다. 생일 초에 불을 붙이거나 가스버너를 끄는 간단

한 일도 꽤나 어려워했다. 해보지 않았기 때문에. 그러던 어느 날 오랜만에 친구를 집으로 초대한 나는 잘 보이고 싶은 마음이 앞서 화장실에 향초를 켜 두었고, 향초의 불꽃이 얼마나 커질지 예상하지 못한 채 자리를 비우는 실수를 저지르고 만다. 향초의 크고 용맹한 불꽃은 수건을 넣어둔 장을 향해 타올랐고 다행히 김수현에게 조기 발견되어 약간의 그을음만 남기고진화됐다. 그 이후 불을 멀리하며 살아왔다.

하지만 캠퍼가 된 이상 불과 친해지지 않을 수 없었다. 언제까지나 남이 피워준 모닥불 앞에서 바보처럼 앉아 있긴 싫었다. 처음엔 장작 쌓는 법부터 배웠다. 장갑●은 김수현 것을 빌렸다. 불 피우는 법을 처음 배우던 날 밤, 나는 인터넷

● 불을 피울 때는 장갑을 낀다. 장작을 맨 손으로 만지면 손에 나무 조각이 박힐 수도 있고, 화상을 입을 수도 있기 때문에 방염 기능이 있는 캠핑용 장갑이 필요하다.

으로 새 장갑을 주문했다. 기왕이면 빌려 쓰는 게 아니라 내 몫의 장갑이 따로 있었으면 했다. 상징적인 의미였다.

장작을 쌓을 때는 공기구멍을 잘 확보해야 한다. 산소가 부족하면 금방 불이 꺼져버리니까. 불 꺼진 모닥불에선 매운 연기가 난다. 여러 번 모닥불을 꺼뜨린 후에야 장작 쌓는 요령을 익힐 수 있었다. 이빨 빠진 젠가 모양으로 장작을 불규칙하게 겹쳐 쌓으면 불이 쉽게 붙고 오래 간다.

불과 제법 친해진 지금은 나만의 라이터도 가지고 있다. 가운데 손가락보다 한 마디 정도 긴 미니 토치인데 가스를 충전해서 쓴다. 바디가 연두색이라 예뻐서 샀다. 캠핑할 때뿐만 아니라 평상시에도 가지고 다니다가 캠핑 기분을 소환하고 싶을 때 활용한다. 나무 심지 향초를 태우거나, 팔로산토 스틱에 불을 붙이거나 할 때. 김수현은 이제 내가 집에서 불을 피워도 불안해하

STANLEY
SOTO

지 않는다.

얼마 전 숫자를 배운 조카는 숫자를 읽을 수 있게 됐다는 사실에 감격해서 하루 종일 1부터 10까지 반복해서 세어 본다고 한다. 할 줄 아는 일이 늘어난다는 사실은 어른에게도 충분히 감격스러운 일이라서, 나는 캠핑을 할 때마다 들떠서 이야기한다. 이거 봐. 나 이제 착화제 없이 모닥불 혼자 피울 수 있어. 도끼도 쓸 수 있어. 망치질도 할 줄 알아!

별점을 믿지 마세요

친구들이 〈해리포터〉에 열광할 때 나는 혼자 〈나니아 연대기〉를 마음에 품은 어린이였다. 기차를 타고 멀리 달려가 차원을 이동해야만 나오는 세계보다, 오래전부터 방구석에 놓여 있었던 옷장이 마법 세상으로 통하는 문이라는 설정에 더 끌렸다. 옷장 문을 여는 게 호그와트 입학하는 것보단 쉽겠지. 뭐 이런 생각이었던 것 같다.

물론 마법 세상으로 가는 옷장은 30대 중반이 되어 가는 지금까지 내 인생에 나타나지 않았다. 대신 몇몇 사건을 계기로 새로운 인생이 열리기는 했다. 머글의 인생에서 일어나는 사건이라고 해봤자 기껏해야 ‘새로운 취미가 생기는 일’ 정도였지만. 어쨌거나 그것이 나의 정체성을 크게 바꾸어 놓았다.

취미의 세계란 옷장 속에 든 나니아 왕국 같아서 봉인되어 있을 때는 잠잠하다. 하지만 한번 열면 나를 둘러싼 것들을 다르게 보는 눈이 생겨버린다. 캠핑을 시작하고 나서는 매일이 새롭다. 매주 들르는 쇼핑몰에 캠핑 용품을 파는 편집숍이 있었구나! 그동안은 왜 몰랐지? 그나저나 우리나라에게 캠퍼가 이렇게 많았었나? 이런 곳은 다들 어떻게 알고 찾아오는 거야?

포천에 있는 백로주 캠핑장은 캠퍼라면 누구나 한 번쯤은 들어본 '네임드', 연예인들의 연예인 같은 존재다(물론 캠핑 생활 이전에는 그런 데가 있는 줄도 몰랐다). 백로주 캠핑장은 세 가지 이유로 유명하다.

① 일단 서울에서 가깝다는 이유로 수도권 캠퍼들이 선호한다. 막히지 않는 시간 기준, 우리 집(서울 북쪽)에서 편도로 30분 정도면 닿는다. 회사보다 가까움.

② 예약제가 아니고 선착순으로 입장하는 시스템이다. 캠핑에 취미를 붙인 사람들이 갑자기 많아

지면서 요즘은 어떤 캠핑장에 가든 한 달 전 예약이 필수가 되었기 때문에. 백로주 캠핑장은 날씨가 좋다며 불쑥 떠날 수 있는 거의 유일한 캠핑장이 됐다. 게다가 과거 유원지로 사용했을 정도로 넓어서 수용 인원도 넉넉하다.

마지막 세 번째 이유는 조금 충격일 수도 있다.

③ 공기에서 똥 냄새가 난다(!) 바로 옆에 축사가 있어서 특정 시간대가 되면 고약한 냄새를 풍기는 바람이 분다.

이런 이유로 백로주 캠핑장은 호불호가 심하게 갈린다. 보통 뭔가를 좋아하는 마음은 수줍고 게으르며, 반대로 싫어하는 마음은 부지런하고 강력하다고 한다. 그런 마음의 작동원리 덕분에 호불호가 갈리는 대상의 리뷰는 처참해진다. 백로주 캠핑장의 리뷰 또한 말할 것도 없이 엉망이다. 모 사이트의 별점 리뷰 일부를 옮겨 봤다.

★☆☆☆☆ 별 하나도 아까움. 최악. 이곳에서 적응하면 못 갈 곳이 없을 겁니다

★☆☆☆☆ 시설이 너무 구리고 소똥 냄새가 어마어마합니다.

(간혹 상반된 반응을 보이는 리뷰도 있긴 하다. '★★★★★ 아주 오래된 명소입니다. 언제나 좋아요. 내 기준 좋은 캠핑장!')

워낙 혹평을 자주 접했기 때문에 내게 백로주 캠핑장은 '가능하다면 가지 말아야 할 곳'이란 이미지로 남아 있었다. 비교적 냄새에 둔감한 편인 김수현은 종종 주말 날씨를 확인하며, "주말 날씨 맑음으로 바뀌었네? 다른 캠핑장 예약하긴 너무 늦었고. 이번 주엔 백로주 한번 가볼래?"라고 제안하곤 했지만, 나는 번번이 거절했다.

"리뷰 보니까 거기 내 취향 아닐 것 같아."

그리고 어느 해 봄, 나는 마침내 굴복하고 만다. 아침 겸 점심으로 김밥을 시켜두고 마냥 빈둥거리던 일요일이었다. 다음 날이 공휴일인 최고의 일요일. 캠핑할 계획은 전혀 없었다. 문제는 날씨가 너무 좋았다는 것이다. 초인종이 울려 현관에 나가 보니 이건 뭐 김밥이 배달된 건지 날씨가 배달된 건지 알 수 없을 지경이었다. 가끔 날씨로부터 텔레파시를 받곤 한다. '오늘 캠핑 안 하면 진짜 바보야! 나가서 장작이라도 몇 개 태우고 와!'

당일 예약이 가능한 캠핑장은 당연히 없었고, 더 고민할 시간도 없었으므로, 나는 반강제로 백로주행에 동의할 수밖에 없었다.

"가까워서 좋긴 하네."

궁시렁거리며 백로주에 도착했을 때 내가 처음

마주한 것은 엄청나게 커다란 땅덩이였다. (소똥 냄새가 아니라서 얼마나 다행인가!) 규모가 크다는 소리는 익히 들어 왔지만 이 정도일 줄은 몰랐다. 과장 조금 보태서 마을 하나 정도. 와 여기서부터 여기까지 다 캠핑장이라고? 주말이면 이 넓은 곳이 텐트로 가득 찬다고 한다. 관리가 안 된다는 불만이 왜 나오는지 알 것 같았다. 사람이 몰리면 아무래도 공용 공간은 흐트러지기 마련이니까.

다행히 일요일 오후라 웬만한 사람들은 퇴실한 뒤였다. 끝이 보이지 않는 초원 위에 우리 텐트 한 동만 덩그러니 놓여 있으니 몽골에 와 있는 듯한 기분도 들었다(이곳의 야생적인 풍경에는 캠핑장이라는 이름보단 초원이나 황야 같은 단어가 잘 어울린다).

캠핑에서 내가 가장 사랑하는 점 중 하나는 현실과 단절되는 감각이다. 국경을 넘는 느낌과도 비슷하다. 비행기를 타고 외국의 어느 공항에 내렸을 때 피부에 훅 와 닿는 낯섦 같은 것. 캠핑장 입구에 차를 대고 캠장님●에게 이곳의 규칙●을 전달받을 때면 딱 그 느낌이 떠오른다. 문 하나 차이로 캠핑장 안과 밖은 완전히 다른 세계다. 시간이 흐르는 속도도 묘하게 달라서 시차가 느껴지기도 한다. 간혹 그런 감각을 극대화시켜 주는 캠핑장들이 있는데 백로주도 그중 하나였다.

백로주에서 캠핑하는 동안 김수현은 자꾸 내게 "괜찮냐?"고 물었다. 텐트를 치고 의자에 늘어져 쉬고 있을 땐 이렇게 물었다.

"괜찮아? 똥 냄새 안 나? 짐 싸야 하면 얼른 말해 줘. 마음의 준비를 해야 하니까."

아, 똥 냄새. 났다. 그것도 심하게. 잊을만하면 바

● 캠핑장에선 보통 사장님을 '캠장님'이라고 부른다.

● "개수대는 이쪽, 화장실은 저쪽입니다." "밤 10시 이후에는 매너 타임이라 블루투스 스피커 사용하시면 안 돼요." 같은 것!

람을 타고 구린 냄새가 날아와 코를 찔렀다. 근데 캠핑을 접을 만큼 못 견디겠냐 하면 그건 또 아니었다.

신나게 마셔댄 맥주 탓에 30분에 한 번 꼴로 화장실을 들락날락거릴 때도 물었다.

“괜찮아? 화장실 안 더러워? 쓸만해?”

인터넷 리뷰를 보고 걱정한 것에 비해 백로주 캠핑장 화장실은 아주 양호한 편이었다. 캠핑 경력이 쌓이면서 좋은 화장실에 대한 기준이 낮아졌기 때문인지 그날이 화장실 청소하는 날이었는지는 모르겠지만. 어쨌거나 화장실 때문에 거를 캠핑장은 전혀 아니었다.

스텔라 장의 노래 〈Villain〉에는 이런 가사가 나온다.

> 내가 제일 사랑하는 누군가는
>
> 또 다른 누군가에게는 개 Say

네가 제일 미워하는 누군가는
사랑받는 누군가의 자식
Good easily fades away

사람은 입체적인 존재라서 완전히 나쁘기만 한 사람도 완전히 좋기만 한 사람도 없다. 히어로로 불리는 사람이 빌런일 수도 있다. 가사에 담긴 메시지가 좋아 자주 곱씹는 노래다. 인간뿐만 아니라 장소 또한 입체성을 띈다는 사실에 대해 이제껏 별로 진지하게 생각해보지 않았다. 나에게 인생 캠핑장이었던 곳이 누군가에겐 다신 가고 싶지 않은 최악의 장소로 남을 수도 있다. 반대로 모두가 입을 모아 별 한 개도 아깝다고 외치는 캠핑장에서 인생의 한순간으로 남을 좋은 추억을 쌓을 수도 있다.
꼬치에 쫀디기를 꿰어 화롯불에 구워 먹으면서 생각했다. 직접 겪어 보기 전엔 어떤 것도 단언

할 수 없구나. 그동안 타인의 경험에 너무 의존하며 살아왔다고 반성도 했다. 인터넷에 존재하지 않는 세상, 아직 리뷰를 받지 못한 장소는 대체로 없는 셈 치고 지내왔다. 어쩌면 내게 맞는 진짜는 거기에 있을지도 모르는데.

개수대에서 온수가 안 나온다는 소문이 있어서 해가 지기 전에 얼른 설거지를 끝내기로 했다. 캠핑장의 넓이에 비해 개수대가 턱없이 부족해서 꽤 오래 걸어야 했다. 역시나 온수는 나오지 않았고, 어느새 해가 져서 주변은 캄캄해져 있었다. 한 명이 그릇을 닦는 동안 다른 한 명은 휴대폰 플래시로 개수대를 비춰주기로 했다. 그러다 손이 너무 시려우면 교대하는 식으로 어렵게 설거지를 끝냈다. 설거지 바구니에 그릇을 잔뜩 담아 텐트로 돌아가는 길. 우린 이런 대화를 나눴다.

"백로주 어땠어? 나는 좋았는데 너는 어땠는지

궁금해서."

"뭐 괜찮았어."

"괜찮기만 했어? 다시는 안 올 거니?"

"아니. 또 오고 싶어. 리뷰만 보고 제꼈으면 아까운 캠핑장 놓칠 뻔했어."

어디선가 또 똥냄새가 섞인 바람이 불어왔다. 우리는 아랑곳하지 않고 다음 방문 계획을 세웠다. 여기 큰 나무들이 많아서 봄 되면 더 멋있을 듯. 4월에 또 오자. 찬물에 얼은 손은 화롯불의 온기에 금방 녹아버렸다.

캠핑의 신은
깜짝 선물을 좋아한다

캠핑이 계획되어 있으면 일기예보를 자주 확인하게 된다. 비가 오는지, 온다면 몇 시부터 몇 시까지 얼마나 내리는지, 바람이 많이 불지는 않는지. 비 소식을 들으면 이런 마음이 은근슬쩍 피어오른다.

"그냥 캠핑 취소할까."

내가 유독 캠핑 날씨에 민감하게 구는 이유는 우중 캠핑의 쓴맛을 경험해 봤기 때문이다. 우중 캠핑을 즐기기 위해 일부러 비를 기다리는 캠퍼들도 있다지만 빗속에서 캠핑을 한다는 게 사실 쉬운 일은 아니다. 일단 텐트 피칭하는 것부터 힘들고, 텐트가 물에 잠기면 어쩌나 걱정하느라 잠도 제대로 잘 수 없다. 그리고 정말 피곤한 건 젖어버린 캠핑 장비와 텐트를 처리하는 일이다. 어디 말릴 곳도 마땅치 않고 그렇다고 축축한 채로 그냥 접어두면 금방 곰팡이가 생겨버린다.

그런 내가 장마철에 굳이 3일씩이나 휴가를 내가면서 여름 캠핑을 계획한 데는 그럴만한 사정이 있긴 했다. 요즘 자주 찾는 괴산 캠핑장 사장님에게 초대를 받았다. 개업 1주년을 기념해 캠핑장 문을 닫고 섬으로 여행을 가신다고. 괜찮으면 그때 와서 놀다 가도 된다고. 아무도 없는 캠핑장을 즐겨보는 것도 추억이 되지 않겠냐고 제안하셔서 그즈음 장마가 시작된다는 걸 까맣게 잊고 "네 너무 좋아요!"라고 수락해버렸다. (자세한 전말은 77페이지〈나무를 빌려 드립니다〉의 내용을 참고 해주세요.)

우리가 괴산에 있는 내내 비가 온단 예보를 확인한 후 캠핑을 취소해야 하나 말아야 하나 백 번쯤 고민했다. 그러면서도 나는 알고 있었다. 우리는 결국 가게 될 거라는 사실을. 캠핑의 신을 믿기 때문이다(종교는 없지만 캠핑의 신은 믿는다). 캠핑의 신은 언제나 모든 불편함을 뛰어넘을 선물

같은 순간을 준비해 둔다. 포장을 뜯기 전엔 그게 무엇인지 짐작조차 할 수 없지만…… 아무튼 있다! 상상도 못한 깜짝 선물이.

괴산으로 가는 길엔 이런 말을 들었다.

"회사 생각, 멈춰!"

한참 캠핑 이야기를 하다가도 어느새 회사 이야기로 빠져 열을 올리는 나를 두고 김수현이 한 말이었다. 출근과 동시에 회사로부터 탈출하고 싶어 하면서 왜 정작 회사 밖에서까지 세속적인 생각을 멈추지 못하는 건지 모르겠다. 세속적인 게 나쁜 건 아니지만 거기 마냥 고여 있음 마음이 닳는 건 사실이니까. 김수현 말마따나 의식적으로라도 멈춰야 한다.

나의 지극한 회사 사랑(?!)은 문명과 완전히 단절된 곳에서야 겨우 오프(off) 상태가 된다. 아주 멀리 해외로 떠나더라도 도시에 있으면 회사 생각,

일 생각이 휴가를 침범하고 만다. 대신 자연에 있으면 벌레 쫓고 불 피우고 밥 하고. 그 밖에 생존을 위한 고군분투를 하느라 속세의 일을 자연스럽게 잊게 된다. 정세랑 작가님의 표현을 빌려 보자. 도시를 여행하는 내가 어항 속에 담겨 이동'된' 물고기라면, 자연 속의 나는 어항을 나와 바다로 뛰어든 물고기다. 그래서 내가 도시 말고 관광 말고 시골과 캠핑을 사랑하게 됐나 보다.

이번에 캠핑의 신이 준비해 둔 깜짝 선물은 크고 작은 '행운'이었다. 3일 내내 "우리 정말 운이 좋네."라는 말을 얼마나 자주 했는지 모른다.
일기예보에 따르면 꼼짝없이 비를 맞으며 텐트를 쳐야 했는데, 마침 우리가 캠핑장에 도착했을 때 '운 좋게' 비가 멎어 물에 빠진 생쥐 꼴을 면할 수 있게 됐다. 주변에 이웃 캠퍼가 없는 게 아쉬울 정도로 타프가 잘 쳐져서(각 잡힌 텐트와 타프는 캠퍼의 자랑이니까), 뿌듯한 마음으로 거듭 쳐다보다가 깜빡 잠이 들었다. 그러다 갑자기 주변이 붉은 조명을 킨 것처럼 밝아져서 깼다. 장마철 캠핑이니 맑게 갠 하늘을 보는 건 애초에 포기한 상태였다. 그런데 노을이, 그것도 비 갠 뒤 맑고 투명한 얼굴을 한 최고의 노을이 깜짝 방문을 하다니. 비록 30분 남짓한 짧은 순간이었지만, 그 노을을 본 것만으로 우중 캠핑의 고생을 보상받는 기분이었다.

행운은 계속 이어졌다. 비 때문에 여행을 하루 미룬 캠핑장 사장님이, "이렇게 손님이 한 팀밖에 없는 날은 다신 없을 수도 있다"며 특별한 불꽃놀이를 선물해 주셨다. 우리는 작은 우산 아래서 불꽃이 빗방울을 거슬러 올라가는 모습을 구경했다. 비 때문에 폭죽에 불이 잘 붙지 않아서, 그중 몇 개는 아주 뒤늦게 김빠지는 소리를 내며 작게 터졌지만 그마저도 영화의 한 장면처럼 느

껴졌다. 그날 찍은 영상을 다시 보면 황홀하고 몽롱한 기분이 되살아난다. 여름밤에 '우리'만 있는 한적한 곳에서 불꽃놀이를 하는 게 오랜 로망이었는데. 이런 식으로 이룰 줄은 몰랐다.

다음 날엔 캠핑장 근처 계곡에서 물놀이를 했다. 물론 계획한 건 아니었다. 수박 사러 나가는 길 표지판에서 '계곡'이라는 글자를 발견하고 무작정 가본 것이다. 산의 중턱에 있는 계곡은 물이 맑고 깊이도 적당해서 놀기 딱 좋았다. 장마철이 아니라면 꽤 인기가 많을 느낌이었지만, 그날은 우리 말곤 단 한 사람도 없었다. 덕분에 정말 오랜만에 마스크를 벗고 물놀이를 즐겼다. 다음 날 그 계곡에 다시 갔었는데, 밤새 비가 많이 내려 그 맑던 계곡물이 하루 새 흙탕물이 되어 있었다. 하루만 늦었어도 물놀이 못 할 뻔했네. 커피색 물을 보며 "캠핑의 신은 역시 우리 편이야."

했다.

그 외에도 다양한 행운이 캠핑 내내 우리를 따랐다. 보물찾기하는 기분이었다. 캠핑의 신이 숨겨둔 행운을 찾을 때마다 꺄르륵 소리 내서 웃었다. 뭐니 뭐니 해도 이번 캠핑에서 누린 행운 중 제일은 '고양이 캠핑'에 당첨된 게 아닌가 싶다. 고양이를 좋아하지만 알레르기가 심해 키우지 못하는 나는 고양이와 함께하는 삶을 늘 동경해 왔다. 가끔 캠핑장에 사는 야생의 고양이가 무언가를 얻어먹으려 텐트 안으로 들어오기도 한다는 이야기를 듣고 은근히 기대했으나, 실제로 그렇게 살가운 고양이를 만난 적은 없었다. 참치캔만 취하고 쌩하니 가버리는 녀석들만 많았지. 그런데 이번에 만난 고등어 무늬 친구는 야생 고양이가 이래도 되나 싶을 정도로 사람을 따랐다. 귀여운 소리를 내며 가까이 오길래 고기나 몇 점

얻어먹고 가겠지 싶었는데, 먹을 걸 다 먹고도 우리 곁을 떠나지 않아서 속으로 '만세!'를 외쳤다. 사실 그동안 말은 안 했으나 내게 먹을 것만 원하고 우정은 허락하지 않는 고양이들에게 은근히 마음이 상했었다. 휴식을 취할 때도 신체의 일부를 사람에게 붙인 채로 쉬는 다정한 고양이 덕분에 한여름밤의 꿈같은 집사 체험을 할 수 있었다.

캠핑장엔 우리와 우정을 나눈 고양이 말고도 두세 마리가 더 있었지만, 나머지 친구들은 겁이 많은 건지 나쁜 기억이 있는 건지 텐트 주변을 맴돌기만 하고 가까이 오지는 않았다. 같은 캠핑장에 살아도 개체마다 성격이 이렇게나 다르구나. 성격에 따라 묘생의 난이도도 조금씩 달라 보였다. 용감하고 붙임성 좋은 고등어만 통통하니 집고양이처럼 털에서 윤기가 났고 나머지 치즈랑 삼색이는 조금 말라 보였다. 그걸 보고 김수현이 말했다.

"고등어처럼 살아. 요령 있게. 가능하면 맛있는 것도 좀 얻어먹고."

"사돈남말하네. 지도 그렇게 못 살면서."

운은 좋지만 요령은 없는 부부는 마지막까지 캠핑 신의 가호를 받았다. 비가 잠시 그친 사이에 안전하게 철수를 할 수 있었고, 텐트에 곰팡이가 피면 어쩌나 걱정하지 않고 발 뻗고 잘 수 있게 됐다. 다음에 다시 괴산에 가면 고등어를 또 만날 수 있을까? 요령 있게 속세의 삶을 살아내다가 가을쯤 한 번 더 가봐야겠다. 아무래도 캠핑의 신이 숨겨둔 보물을 덜 찾고 온 기분이 든다.

사랑하는 캠핑장이
사라지는 일

오래전 강릉에서 폭설을 만난 적이 있다. 모래사장을 다 덮을 만큼 눈이 많이 쌓여서 바다와 바다가 아닌 곳의 경계가 흐릿했다. 그해 겨울 나는 혼자였고 "우와 저 풍경 좀 봐. 예쁘다."라고 말하는 대신 카메라 셔터를 열심히 눌렀다. 그 기억 덕분에 한동안 강릉에 애틋한 마음을 품고, "강릉의 사천해변이 참 좋더라. 꼭 가봐라."라고 말하고 다녔는데. 어느 날 후배가 이렇게 말했다.
"누가 보면 누나네 동네인 줄 알겠네. 왜 남의 동네에 그렇게 정을 줘. 어차피 다 변할 텐데."
걔 말처럼 정말로 내 것이 아닌 장소는 변하거나 사라진다. 최근 몇 년 새 사랑하게 된 장소는 당연하게도 캠핑장이거나 캠핑을 했던 곳들인데. 이미 많은 곳들이 사라졌다. 그리고 역설적이게도 영원할 것 같은 장소를 잃어버리면 그것이 실제로 존재했을 때보다 훨씬 더 사랑하게 된다.

사라진 장소를 이야기하는 데 '팔현캠프'가 빠질 수 없을 것 같다. 팔현캠프는 남양주 천마산에 있는 잣나무 숲으로 캠핑 좀 하는 사람이라면 모르는 이가 없는 곳이었다. 도심과 가까운 곳에 있지만(서울에서 편도 1시간 거리다), 그 어떤 오지 캠핑장보다 야생적인 환경으로 유명했다. 일단 들어가는 입구부터 특별했는데, 캠핑장 입구와 잣나무 숲(사이트) 사이에 작은 개울이 있어서 인디아나 존스처럼 물길을 가르며 들어가야 됐다. 개울이라지만 차로 지나가기엔 물이 꽤 깊어서 차가 빠져버리진 않을까 늘 걱정되었다. 흠, 용감한 자만이 입장할 수 있는 캠핑장이란 의미인가? 실제로 거길 통과의례처럼 지나고 나면 도시 깍쟁이스러운 마음을 내려놓게 됐다. 그래서 일부러 보수 공사를 하지 않으셨는지도 모른다. 도시 깍쟁이 놈들을 진정한 캠퍼로 만들기 위해서.

아직 끝이 아니다. 두 번째 관문이 남아 있다. 팔현의 사이트는 평지 구역과 산 구역으로 나뉘는데, 산 구역이 압도적으로 인기가 많았다. 야트막한 언덕 정도가 아니라 제법 가파른 산이라서 산 구역에 진입하려면 거의 곡예 수준으로 차를 몰아야 했다. 그래서 팔현을 거친 차들은 '캠핑한 티'가 났다. 어딘가 긁혔거나 흙투성이가 되었다는 뜻이다.

팔현은 다른 캠핑장에 비해 유독 느슨한 운영 방식을 유지했다. 보통 캠핑장이 질서 유지를 위해 주차장처럼 구획을 나눠두고 한 사이트에 한 팀씩 배정하는 시스템이라면, 팔현은 마음에 드는 땅을 쓰고 싶은 만큼 쓰도록 내버려뒀다. 매너타임[●] 이후의 활동에 대한 제지도 따로 없고, 두 팀

● 게스트하우스의 소등 시간과 비슷한 개념이라고 보면 된다. 보통 밤 10시부터 다음날 아침 7시까지. 이웃 캠퍼의 수면을 위해 소음을 최소화하는 시간으로, 고성방가, 스피커 사용, 샤워실 이용 등이 금지된다.

이상이 모여 함께 노는 떼캠[●]도 가능했다.
팔현의 나이브함에 반한 전국 각지의 자유 영혼들이 주말마다 잣나무 숲으로 모였다. 그들은 페스티벌에 온 것처럼 밤새 기타를 치고 노래를 부르고 웃고 떠들었다. 나는 떼캠을 즐기지 않고 캠핑장의 고요함을 사랑하지만, 팔현의 무질서만큼은 미워할 수 없었다. 뭐랄까. 흥이 많은 부족의 마을에 초대받은 느낌이라 사뭇 유쾌하기까지 했다.
자유 영혼들은 의외로 부지런하다. 다음 날 해가 뜨면 퇴장 시간이 채 되기도 전에 대부분의 팀들이 짐을 싸고 캠핑장을 떠난다. 어느새 주변은 조용해지고 페스티벌 현장이었던 숲은 요정(혹은 도깨비)이 나올 것 같이 신비로운 분위기로 변

● '떼(무리)지어 하는 캠핑'의 줄임말. 대부분의 캠핑장은 떼캠을 금지하고 있다.

한다. 우리는 그 반전 매력을 사랑했다. 하루치 이용료를 추가로 지불하고 텅 빈 잣나무 숲에 남아 일요일 오후를 보내곤 했다.

몇 년 전 안식월을 맞아 전국 캠핑 일주를 다녀온 김수현은 말했다.
"전국을 다 돌아봤는데 팔현 만한 캠핑장이 없더라."
"파랑새는 우리 집에 있었어. 뭐 이런 거야?"
사실 김수현은 캠핑 일주를 떠나기 전 굳이 집 근처에 있는 팔현에 들러 며칠을 머물렀었다. 평일에 숲을 혼자 쓰는 만족감. 나무에 해먹을 걸고 낮잠 잤을 때의 충만함. 숲에 사는 고양이와 나눈 짧은 우정까지. 팔현에서 보낸 모든 순간이 너무너무 좋아서 그대로 눌러앉고 싶었지만, 이때가 아니면 언제 경상도, 전라도에 있는 캠핑장들을 가보겠나 싶어서 아쉬움을 남기고 떠났는

HIBROW
HIBROW

데. 아무리 좋다고 소문난 캠핑장에 가도 팔현 생각만 나서 스스로도 웃겼다고 했다.

"이제라도 알았으니 다행이지 뭐. 가깝다고 평가절하하지 말고 자주 가서 놀자."

"곧 겨울이라 영업 안 할걸•? 봄에 많이 가자."

그리고 얼마 뒤, 2019년 12월 11일 팔현캠프 인스타그램에 공지가 올라왔다.

> 공지사항 12월 1일부로 팔현캠프 폐지합니다.
>
> We will be closed until further notice.

폐지라는 단어가 우리를 불안하게 했다. 왜 언제 다시 돌아오겠다는 말이 없지? 매년 '봄에 다시 뵙겠습니다' 같은 말이 있었는데. 그리고 불안은

• 한파로 수도가 얼어서 화장실, 개수대 이용이 어려운 탓에 겨울에 운영하지 않는 캠핑장이 많다.

현실이 됐다. 봄이 되어도 여름이 되어도 팔현캠프 돌아오지 않았다. 팔현이 문을 닫았다는 것을 믿을 수 없는 몇몇 캠퍼들은 직접 나서서 폐업의 이유를 알아보기도 했는데, 모두가 조금씩 다른 이야기를 했다. 코로나 때문에 영업을 쉬는 것이다. 야영장 안전 기준에 문제가 생긴 것이다. 땅 소유권 관련해서 갈등이 있다고 들었다. 기타 등등. 어쨌거나 팔현이 사라졌다는 사실엔 변함이 없었다.

웃기고 슬픈 건, 나를 포함한 팔현을 사랑했던 모두가 언젠가 팔현이 거짓말처럼 돌아올 거라고 아직도 믿고 있다는 것이다. '#팔현캠프' 해시태그를 단 게시물이 올라오면 모두가 약속이나 한 듯 댓글을 단다.

_ 팔현 문 열었어요?

_ 아니요. 몇 년 전 사진이에요. 저도 너무너무 그

립네요.

드라마 〈어느 날 우리 집 현관으로 멸망이 들어왔다〉에 이런 대사가 있다.

> “살면서 깨달은 한 가지는 ‘영원히’란 지속되고 있는 것에는 붙일 수 없다는 것. ‘영원히 사랑한다’는 불가능에 가까워도 ‘영원히 잃어버렸다’는 항상 가능하다는 것. 하지만 우리는 늘 영원하지 않은 것 때문에 산다. 예를 들면 꿈, 추억, 미련 이런 것들로. 혹은 사랑, 사람 그런 것들로.”

앞으로 얼마나 더 많은 캠핑장이 사라질까. 내 것이 아닌 장소를 사랑하는 일이 얼마나 바보 같은 일인지 알면서도 우리는 계속 사랑하는 장소를 늘려가겠지. 사람은 영원하지 않은 것 때문에 사니까.

P.S.

이 글을 쓰고 난 후 얼마 뒤에, 팔현이 돌아왔다는 소식을 들었다. 산 구역 캠핑은 금지되었고, 평지 구역에서만 캠핑을 할 수 있다고 한다. 예전의 팔현이 아니라고 아쉬워하는 포스팅이 여러 개 올라와 있다. 누군가는 헤어진 애인과 재회한 기분이라고 했다. 우리가 그리워했던 건 팔현이 아니라 그 시절의 우리였다 뭐 이런 건가. 조금 아쉬워도 괜찮으니 이번엔 너무 늦지 않게 돌아온 팔현에 가볼 생각이다.

에필로그 ✳

캠핑이 끝나고 난 뒤

뒤풀이. 어떤 일이나 모임을 끝낸 뒤에 서로 모여 여흥을 즐기는 일. 오래전부터 뒤풀이 자리엔 빠짐없이 참석하는 편이었다. 과자 한 봉지씩 사 들고 모여 노는 보습 학원 뒤풀이를 좋아했고, 대성리역 해장국집에서 하는 동아리 엠티 뒤풀이도 좋아했다. 나이를 먹으면서 내 안의 많은 것들이 변했지만 여전히 뒤풀이는 좋아한다. 누군가 "이대로 헤어지긴 아쉽지 않아?"라고 이야기를 꺼내주는 게 그렇게 반가울 수 없다. 뒤풀이는 즐거운 시간을 보냈다는 증거이자 다음을 기약하는 약속 같다.

캠핑이 끝나고 난 뒤에도 물론 뒤풀이를 한다. 캠핑은 보통 물 맑고 경치 좋은 곳에 찾아가서 하기 때문에 텐트를 철수하고 나면 "집에 가기 싫다."는 말이 절로 나오기 마련이다. 여길 언제 또 오나 싶어서 괜히 슬퍼진다. 그래서 바로 집으로 출발하지 못하고 캠핑장 주변을 어슬렁어

슬렁 배회하는데 나는 그걸 '캠핑 뒤풀이'라고 부른다. 운이 좋은 날엔 '보너스 스테이지'를 만나기도 한다. 마을 주민들만 아는 계곡일 때도 있고, 인터넷엔 절대 안 나오는 맛집인 경우도 있고, 편하게 차를 세워둘 수 있는 공터일 때도 있다. 그렇게 '아는 동네'가 하나씩 늘어가는 게 캠핑의 큰 재미 중 하나다.

"거봐. 뒤풀이 안 했으면 어쩔 뻔했어."

"이렇게 좋은 데를 놓칠 뻔했네."

"다음에 이 동네로 또 캠핑하러 오면 여기도 꼭 같이 들르자."

아쉬움을 달래는데 뒤풀이만 한 게 없다는 걸 매번 새롭게 실감한다. 아쉬울 땐 좀 더 놀아야 한다. 그래도 아쉬우면 다음에 또 놀면 된다.

에필로그를 쓰기 전에 캠핑 뒤풀이를 하는 마음으로 그동안 모은 글을 쭉 읽어 봤다. 읽고 나면 캠핑이 가고 싶어지는 책을 만들고 싶었다. 원래 캠핑을 하는 사람에게는 '아 맞다. 내가 이래서 캠핑을 좋아했지.'라는 감각을, 캠핑을 해본 적 없는 사람에게는 '나도 캠핑 한번 해볼까?' 하는 설렘을 주었으면 했다. 캠핑에서 느낄 수 있는 재미란 재미는 다 담고 싶었는데 마감을 하고 나니 놓친 이야기들이 떠오른다. 한밤중에 화장실 가다가 하늘을 올려다보면 별이 머리 위로 쏟아질 것처럼 많아서 오래오래 살고 싶어진다는 이야길 썼어야 했는데. 옆 텐트 애기들이랑 나눈 짧은 우정에 대해서도 쓰려고 했었는데. 재밌는 소재는 꼭 뒤늦게 생각나더라. 그나마 아직 뒤풀이(에필로그)가 남아 있어서 다행이다.

캠핑에서 현실로 복귀한 후에 내가 항상 하는 말이 있다.
"어제와 오늘이 완전히 다른 인생처럼 느껴져."

불과 몇 시간 전까지만 해도 숲속에서 자연인처럼 앉아 있었는데. 순식간에 직장인이 되어 일을 하고 있는 게 민망하고 이상해서 헛웃음을 지으며 하는 말. 그 말 안에 내가 캠핑을 하는 이유가 들어 있는 것 같다.
여기가 아닌 곳에서 살았다면 어땠을까. 사는 곳을 바꾸는 상상, 다른 인생을 사는 상상을 자주 했었다. 실제로 사는 곳을 바꾸는 일엔 너무 많은 용기가 필요하므로 그냥 머릿속으로 그려 보기만 했는데 딱히 잘 그려지진 않았다. 겪어 보지 않은 일을 구체적으로 꿈꿀 정도로 상상력이 풍부한 애는 아니었던 것 같다.

그런데 캠핑을 시작하고 도시 깍쟁이라면 절대로 하지 않을 일들을 하면서 알게 됐다. 자연 속의 나는 도시의 나와 다른 사람이구나. 장소와 환경은 인생의 줄거리를 바꾸어 놓는다. 등장인

물이 같아도 어디에 있느냐에 따라 완전히 다른 상황을 만나고 다른 방향의 선택을 하게 된다. 캠핑은 나를 자꾸 낯선 곳, 새로운 환경에 데려다 놓았고, 덕분에 평행 우주에 사는 나를 구경할 수 있게 됐다. 작정하면 완전히 다른 인생을 살 수도 있겠구나. 여기에서 일어나는 일이 세상에서 제일 중요하고 심각한 일 같고 이러다 망할까 봐 두렵지만, 평행 우주로 넘어가면 별일 아닌 게 되겠구나. 그렇게 상상하는 것만으로도 인생이 훨씬 살만하게 느껴졌다.

매일 TV 프로그램 〈나는 자연인이다〉를 보며 부러워하는 우리 아빠에게도, 행복해지려면 다시 태어나야 된다고 말하는 친구에게도 캠핑 같은 취미가 생겼으면 한다. 취미의 세계에 사는 평행 우주 속 나를 보며 다른 인생도 상상해 봤으면 좋겠다.

어떤 상황을 '행복하다'라고 정의하는지에 따라 그 사람이 지향하는 삶의 방향이 보이는 것 같다. 언젠가는 설레는 감정이 느껴질 때 '행복하다'고 했었고. 또 여럿이 모여서 시끄럽게 노는 순간을 '행복하다'고 여기던 시절도 있었다. 요즘 나는 마음에 평화가 찾아왔을 때 행복하다고 느낀다. 그리고 캠핑을 하면서 '평화롭다'라는 말을 자주 한다. 그것이 캠핑을 계속해야 할 이유다.

거창한 장비 없이 캠핑하는 법

: 일상 속에서 캠핑을 소환하는
방법을 알려 드립니다

1. 나무 밑에 눕기

필요한 장비: 벤치, 평상 등등

캠핑은 기분을 위해서 하는 취미다. 요즘 나에게 '행복하다'의 동의어는 '평화롭다'이고, 캠핑은 그런 기분을 가져다주는 램프의 요정 지니다. 평화로운 마음이 필요하지만 여건상 캠핑을 할 수 없을 때. 임시방편으로 캠핑의 '기분'을 소환하곤 한다.

캠핑의 기분은 '바깥에서 하지 않는 일을 바깥에서 할 때' 온다. 이를테면 나무 아래 눕기 같은 것. 바깥을 걷거나 어딘가에 잠시 앉는 일은 지극히 일상적이지만, 바깥에서 눕는 일은 캠핑을 할 때 빼곤 거의 하지 않는 행동이기 때문에 일상이 아닌 것이 된다.

집 앞 놀이터 벤치에 눕는 것만으로도 어렵지 않게 캠핑 기분을 낼 수 있다. 나무 아래 있는 벤치가 좋다. 거기 누워 있으면 앉아 있을 때와는 다른 풍경이 보인다. 나뭇잎의 아랫면을 관찰하고, 구름의 속도를 가늠하고, 놀이터로 뛰어가는 어린이들의 신발을 구경한다. 30분만 그렇게 있어도 마음에 떠다니던 탁한 것들이 싹 가라앉는다. 아주 운이 좋은 날엔 근사한 낮잠에 빠지기도 하므로 얼굴을 가릴 용도의 책이나 챙이 넓은 모자를 챙겨간다.

2. 팔로산토 타임

필요한 장비: 팔로산토, 라이터

배우 정유미는 여행을 가면 첫날 향수를 산다고 한다. 그러고 여행하는 내내 그 향수만 뿌린다고. 일상으로 돌아와 그 향수 냄새를 맡으면 저절로 여행지에서의 추억이 다시 떠올라 좋다고 말한 것을 기억하고 있다. 정말로 어떤 사람들은 냄새로 순간을 기억한다. 조향사가 자신이 경험한 행복의 순간에서 영감을 받아 만든 향수도 꽤 많다. (내가 자주 쓰는 향수에는 이런 스토리가 담겨 있다. 휴양지에서 맞는 아침, 다시 가고 싶은 순간입니다. 바다가 보이는 테라스에 모인 사람들의 웃음소리, 파도 소리, 아침 식사로 먹을 신선한 오렌지의 냄새.)

내가 조향사라면 캠핑의 순간을 향수로 만들 것이다. 캠핑에는 다양한 냄새가 있지만 그중 가장 강렬한 건 타는 냄새다. 모닥불 피울 때 나는 마른 나무 타는 냄새. 그 냄새는 정말 순식간에 나를 숲속의 텐트 안으로, 바닷가의 캠핑 의자 위로 데리고 간다.

흡연자들이 일상 속에서 '담배 타임'을 갖는 것처럼, 나는 틈틈이 '팔로산토 타임'을 갖는다. 팔로산토 스틱에 불을 붙이면 얼마간 공기에 캠핑 냄새가 입혀지고 그걸 핑계로 캠핑을 추억하며 잠시 쉬어갈 수 있다.

참, 팔로산토는 향이 나는 나무 조각으로 인센스와 비슷한 기능을 하는데 모양으로 보나 색으로 보나 여러모로 더 '캠핑'스럽다. 온갖 미디어와 SNS에서 찬양하는 '불멍'의 효능이 궁금한 사람은 팔로산토 스틱에 불을 붙이는 일부터 시작해도 좋을 것이다.

3. 집 안에 캠핑 의자 펼쳐 놓기

필요한 장비: 캠핑 의자, 오일 랜턴

캠핑은 주말도 휴가도 없이 마감에 쫓기는 내게 '윈도우 업데이트' 혹은 '비행기 모드' 같은 존재다. 어쩔 수 없이 쉬어가야 하는 시간. 인터넷을 사용하기 어렵다는 핑계로 죄책감 없이 노트북을 덮을 수 있는 찬스! 마감 압박에서 벗어나 장편 소설을 읽어낼 수 있는 장소는 캠핑 의자가 유일하다. 원하는 만큼 캠핑을 자주 떠날 수 있으면 좋겠지만 사정상 멀리 나갈 수 없을 때는 홈 캠핑을 한다. 대단한 건 아니고 집 안에 캠핑 의자랑 캠핑 테이블을 펼쳐 놓고 거기서 밥도 먹고, 책도

읽고, 라디오도 듣는다. 집에 있는 모든 조명을 끄고 희미한 오일 랜턴 불빛에 의지해 생활하다 보면 제법 캠핑 느낌이 난다. 그렇게 30분 정도만 캠핑 모드로 자아를 돌려 두어도 마음이 금세 순해진다. '일하기 싫다'는 말을 입에 달고 살지만 쉬는 중에도 일 생각을 멈추지 못하는 나에겐 이런 시간이 꼭 필요하다. 이번 주말 캠핑 의자에 앉아 읽은 책은 소설 『우리는 모두 집으로 돌아간다』이고 이 책은 501페이지나 된다.

4. 젖은 머리와 몸 땡볕에 말리기

필요한 장비: 뜨거운 햇볕, 물가

당연한 이야기지만 캠핑을 하면 제대로 씻기가 어렵다. 한여름에도 온수 샤워를 고집하는 나지만, 캠핑할 땐 찬물로 후다닥 씻는 걸로 만족한다. 젖은 머리는 물기만 훌훌 털어 땡볕에 말린다. 사실 덜 마른 머리를 물미역처럼 축 늘어뜨리고 햇볕을 쬐는 순간을 꽤 좋아한다. 모험가가 된 기분이 든달까.

각자의 마음속에 저마다 다른 모양의 모험이 들어있겠지만, 내 마음속 모험은 이런 모양이다. 갈아입을 옷이나 수건 따위 일절 없이 물속으로 풍덩풍덩 들어간다. 용감하게 물속을 탐험한 뒤 밖으로 나와 햇볕에 몸을 대충 말린다. 머리와 옷이 반쯤 젖은 채로 쏘다니는 사람을 보면 속으로 생각한다.

'아, 저 사람은 모험 중이구나.'

일상이 너무 편안해서 권태로워서 괴로운 순간. 나는 셀프로 모험을 처방한다. 캠핑을 떠날 수도 없고 물속으로 뛰어들 형편도 안 될 경우 머리라도 감는다. 머리가 젖은 채로 거리를 활보하면 묘한 해방감이 생긴다. 모험하는 기분. 이것이 어쩌면 캠핑의 핵심일지도 모른다.

5. 낯선 시골 읍내(시내) 구경하기

필요한 장비: 현금

캠핑을 하면서 생긴 취미 중 하나는 읍내(시내) 구경이다. 철수를 하고 나면 높은 확률로 배가 고파져서 "근처 식당에서 밥이나 먹고 갈까?"싶어지는데, 보통 캠핑장 주변엔 식당이 없기 때문에 읍내나 시내까지 나가야 한다. 시내라고 하지만 관광지가 아니라서 인터넷을 통해 알아낼 수 있는 식당 정보는 거의 없다. 랜덤 박스 고르듯 식당을 선택하고 마을 구경하다 귀가하는 것이 일종의 캠핑 루틴처럼 자리 잡았다.

우습지만 캠핑장 근처로 나들이를 가는 것만으로도 어느 정도 캠핑 느낌을 낼 수 있다. 일단 지도에서 마음에 드는 캠핑장을 하나 고른다. 한 번도 가본 적 없는 지역에 위치한 곳일수록, 유명하지 않은 동네일수록 좋다. 캠핑장에 도착하면 출입문 너머로 '캠핑 분위기'를 슬쩍 구경만

한다. 그리고 가까운 시내로 나간다. 유명한 맛집이나 사진 찍기 좋은 예쁜 카페는 어차피 없을 테니 모든 것은 감으로 고른다. 아마 그렇게 골라 들어간 가게에는 캠퍼로 추정되는 사람들이 밥을 먹고 있을 것이다.

6. 아침의 숲 산책하기

필요한 장비: 숲

평생 아침을 싫어하며 살아왔다. 해가 뜨면 하기 싫은 일을 해야 하니까. 창문 밖으로 아침 햇살이 삐죽 들어오면 불청객을 맞은 것처럼 미간을 구기곤 했다. 캠핑을 하면서 처음 알게 됐다. 아침 햇살이 이렇게 아름다운 거였구나. 알람이 울리지 않는 아침. 따뜻한 커피와 숲 산책이 기다리는 아침은 첫사랑의 얼굴처럼 맑고 산뜻하다는 걸 이제라도 알아서 다행이다.

숲은 아침의 아름다움을 목격하기에 가장 좋은

장소다. 방금 태어난 빛들 중 가장 아름다운 것들이 숲에 잠시 고였다 가기 때문이다. 나무줄기에 한 움큼, 나뭇잎에 한 움큼. 그 반짝거림을 따라 걷다 보면 기분이 아주 상쾌해진다.

안타깝게도 아침 숲의 신비로운 기운은 눈 깜짝할 사이에 사라져버리기 때문에, 숲에서 자는 날 말고는 누리기 어려운 기쁨이다. 하지만 조금만 부지런을 떤다면 누구나 손에 쥘 수 있는 확실한 기쁨이기도 하다. 굳이 캠핑을 하지 않더라도 숲 가까운 곳에 숙소를 잡고 눈 뜨자마자 숲으로 뛰어나오기만 하면 된다. 아침 숲을 걷다 보면 이런 생각이 들지도 모르겠다. 이 풍경에 더 빨리 더 가까이 닿고 싶다. 그 마음이 바로 당신을 숲 캠핑으로 이끌 캠핑의 요정이다.

7. 밤의 놀이터에서 별보며 맥주 마시기

필요한 장비: 맥주

도시의 소란스러운 밤. 술집 노란 조명 아래서 온갖 산해진미를 안주 삼아 취하는 밤에 익숙했던 나는 캠핑의 밤을 겪어 보고 조금 놀랐다. 음악이 없어도 안주가 없어도 심지어 술이 모자라도 충만한 밤이라니. 캠핑의 좋은 점 중 하나는 시간을 보내는 다른 방식을 배울 수 있다는 것이다. 캠핑의 밤은 나에게 고요함을 즐기는 법을 가르쳤다.

가끔 그 고요함이 그리워질 때면 맥주 한 캔을 가지고 집 앞 놀이터로 나간다. 인적이 드문 새벽 1시쯤이 좋다. 1번에서 이야기했던 바로 그 벤치에 앉아 혼자만의 시간을 갖는다. 도시 한가운데서 캠핑의 고요함을 느끼는 그 밤을 나는 꽤 좋아한다.

8. 버너로 캠핑 간식 구워 먹기

필요한 장비: 버너, 쫀디기, 마시멜로, 핫초코

한참 캠핑을 못 하면 그리운 것들이 몇 가지 있는데. 캠핑 간식도 그중 하나다. 맛도 맛이지만 꼬치에 쫀디기며 마시멜로 같은 간식들을 줄줄이 꿰어다가 불에 굽는 행위 자체가 재밌다. 직화로 무언가를 굽는 일은 생각보다 쉽지 않아서 조금만 긴장을 놓아도 까맣게 타버린다. 불에 탄 마시멜로를 들고 나는 바보처럼 웃는다. 망해도 재밌는 놀이를 찾아서 얼마나 기쁜지 모른다.

캠핑에 호기심을 가지는 친구가 집에 놀러 오면 버너를 꺼내 캠핑 간식을 구워 먹는다(인덕션이나 가스레인지로 구우면 캠핑 느낌이 안 난다). 모두가 한 입씩 간식을 맛본 뒤엔 "네가 직접 해봐." 꼬치를 넘겨주고 잠시 기다린다. 마시멜로를 까맣게 태운 친구가 망연자실한 표정을 짓고 있으면 어린이가 된 기분으로 함께 깔깔 웃는다.

HIBROW
HIBROW
HIBROW

따로 따로 03

주말의 캠핑 : 멋과 기분만 생각해도 괜찮은 세계

초판 1쇄 인쇄 2021년 12월 6일
초판 1쇄 발행 2021년 12월 15일

지은이 김혜원 **사진** 김혜원 · 김수현
펴낸이 김종길 **펴낸 곳** 글담출판사 **브랜드** 인디고

기획편집 이은지 · 이경숙 · 김보라 · 김윤아 · 안수영 **영업** 김상윤 · 최상현
디자인 엄재선 · 박윤희 **마케팅** 정미진 · 김민지 **관리** 박지웅

출판등록 1998년 12월 30일 제2013-000314호
주소 (04029) 서울시 마포구 월드컵로8길 41 (서교동 483-9)
전화 (02) 998-7030 **팩스** (02) 998-7924
블로그 blog.naver.com/geuldam4u **이메일** geuldam4u@naver.com

ISBN 979-11-5935-100-6 (04810)

책값은 뒤표지에 있습니다.
잘못된 책은 바꾸어 드립니다.

만든 사람들
책임편집 이은지 **표지디자인** 김종민 **본문디자인** 박윤희 **교정교열** 박주현

글담출판에서는 참신한 발상, 따뜻한 시선을 가진 원고를 기다리고 있습니다. 원고는 글담출판 블로그와 이메일을 이용해 보내주세요. 여러분의 소중한 경험과 지식을 나누세요.